Kolofon
©Mathias Jansson (2019)
"Fyra dramer för dramaten"
ISBN: 978-91-86915-40-7

Utgiven av:

 "jag behöver inget förlag"
c/o Mathias Jansson
Tvärvägen 23
232 52 Åkarp
http://mathiasjansson72.blogspot.se/

Tryckt: Lulu.com

Innehåll

Meta i dramats hav – ett metadrama

Författaren sitter på en pinnstol vid ett litet bord och skriver på sin laptop. Målaren kommer in på scenen bärande på en målarhink och en roller. Går fram till författaren. Står och tittar på när han skriver. Författaren tittar irriterat upp.

-Va vill du?

Målaren skruvar finurligt på sig.

-Vet du vad det är för likhet mellan en målare och en dramatiker?

- Nä...

- Båda använder sig av roller. *Visar upp sin roller.*

Författaren brister ut i gapskratt.

-Fy fan vad roligt! Tänk att jag kom på det där.

Målaren går ut från scenen. Författaren skriver vidare. Ur kulissernas mörker dyker en clown upp med en stor röd heliumballong. Han smyger omkring i bakgrunden. Grimaserar och pekar på författaren. Smyger på tå närmare och närmare författaren. Ställer sig bakom honom med ballongen. Tar upp en nål och smäller ballongen. Författaren sitter orörlig. Clownen smyger ut i kulisserna. Författaren skriver vidare. Hoppar plötsligt till.

-Vhaa, vad var det! Vilken jävla smäll! Fy fan vad rädd jag blev. Vilken gestaltningsförmåga jag måste ha. Jag trodde nästan på det själv.

Han fortsätter skriva. På en Seagate kommer döden i svart huva och med lie. Han åker fram och tillbaka på scenen. Stryker tätt förbi författaren innan han åker ut i kulisserna. Författaren tittar ängsligt upp. Ser sig oroligt omkring.

-Jag tyckte nyss, jag kände något, det var som ett kallt vinddrag drog förbi. Det kändes ända ner i märgen. Jag håller väl inte på att bli sjuk. *Känner på sin panna.* Jag behöver kanske en paus. Något att dricka. *Författaren går bort till kylskåpet. Samtidigt kommer en gorilla fram ur kulissen och* sätter sig vid datorn och börja skriva. Författaren öppnar kylskåpet. Tar fram ett mjölkpaket och tar en klunk. Går bort till ett stort bord fyllt med papper, böcker och manus. Börjar bläddra i högarna. Tar upp ett manus. Sätter sig på kanten till bordet och ser ut över publiken.

-Den här kommer jag ihåg. Den blev aldrig klar, men jag gillade idén, det skulle bli en modern Faust. Som om vi inte hade hört det förut, men jag tänkte mig en blandning av death metal och buskis. Låt mig bara läsa några scener för er:

Följande pjäs spelas upp på scenen.

Mefistologen – ett death metal libretto

Prologen
En ung hårdrockare sitter på sängen i sitt sovrum. Tretton svarta ljus står uppställda i ett pentagram på golvet.
Ynglingen: Jag åkallar dig vars namn ekar i underjordens kammare. Belsebub, Marduk, Azazel, Belphegor, Satan, underjordens överdemon, skuggvärldens härskar. Slut ditt avgrundsmörker kring mig, stig in i min värld. *Det knackar på dörren.* Jag åkallar dig Lucifer, Mefistofeles, Sataniukum Draconikum alla demoners konung…. *Det knackar hårdare på dörren. Rädd:* Vem är det?
Mefisto: Det är jag, du kallade,
Y: Vem då?
M: Den vars namn man helst inte ska uttala.
Y: Är det verkligen du?
M: Ja, inte är det ryska posten inte. Ska du inte släppa in mig någon gång? Jag har mycket att göra, det är många som åkallar mig i dessa tider så jag har inte tid att stå och vänta här hela natten.
Y: Varför kommer du inte in bara?

 5

M: Komma in bara! Du måste först bjuda in mig annars kan jag inte stiga över din tröskel! Vet du ingenting din klåpare!

Y: Välkommen in då. *Dörren slås upp. I ett rökmoln med blixtrar och dunder kliver en liten tant i 70 års ålder in med vitt permanentat hår, stora glasögon, sjal och handväska.*

M: Jaha, då var jag här då.

Y: Vem är du?

M: Vem tror du, din lilla mormor kanske?

Y: Du är inte så olik henne. Du ser i alla fall inte ut som Djävulen.

M: Nähä. Alltid samma visa. Är man inte utklädd med bockfot, svans, horn och hela baletten, då är det ingen som känner igen en. Att man få fan så ont i foten av bockfot det är det ingen som bryr sig om, det är värre än stilettklackar ska jag tala om. Kommer man som man är, utan krusiduller och alla helvetets demoner i släptåg. Ja, vad får man höra? Vem är du då? Du ser ju inte ut som Djävulen. Är det ett trevligt bemötande kanske!?

Y: Nä, men man har ju hört så mycket om dig. Jag trodde ju inte att du skulle vara...

M: Vara va då?

Y: en, en, en tant...

M: Tant! Det var det fräckaste! Om du inte har märkt det så är jag faktiskt en kvinna i sina bästa år. Det är inte alla som är så på alerten när de är 6000 år ska jag tala om för dig. Jag hoppas verkligen att det var något viktigt du ville mig, att du inte står här och slösar bort min tid, då vet jag inte vad jag gör med dig.

Y: Ja...ja... ja.. jag vill sälja min själ...

M: Din själ! Är du en idiot! Nu är måttet rågat, nu går jag.

Y: Vänta, vänta, vad är det för fel på min själ!

M: Vad det är för fel på din själ! Det ska jag säga dig din dumbom. Dagens själar är oanvändbara, de har outvecklade, ytliga, bara luft. De är som en plastpåse man blåser upp och när man tar dem till helvetet så BOM så blir det bara en sladdertrasa kvar. De är helt värdelösa redan efter några minuter är de utbrända och man måste kasta bort dem. Men jag ska säga dig att det var annorlunda förr. Då kunde man få tag i riktiga själar proppfulla och djupsinniga så att det höll sig brinnande i flera sekler i helvetet. Man kunde dra och slita i dem och de mest underbara toner klingande fram ur själarnas djup. Det var härliga tider det, men nu, se dig omkring bara. Inte undra på att dagens själar är så undermåliga. Vad proppar ni i dem? Billig och ytlig underhållning. Titta här i bokhyllan, varför heter det bokhylla? Det finns ju inga böcker där. Och vad är det du konsumerar, spel, film och ljud? En strid ström av uttryck som susar rakt in i hjärna, så strömlinjeformat designat att det lika snabbt far ut på andra sidan. Ingenting blir kvar för det finns inte längre några motstånd, kantigheter eller förstoppningar i utbudet, bara en laxerande smörja som rinner rakt igenom som en tunn diarré av populärkultur.

Får syn på Goethes "Faust" på skrivbordet. Tar upp den.

Nej, men vad har vi här då? En bok. Goethes "Faust". Har du läst den?

Y: Nä, det där är ju bara en gammal tråkig bok som vi skulle läsa i skolan.

M: Tråkig säger du, skyll dig själv då. Hade du bara ansträngt dig lite, så hade du vetat hur det skulle gå. Men det får bli den hårda vägen istället.

Y: Men om du inte vill ha min själ. Vad vill du ha då?

M. Vad jag vill ha! He, he, he! Allt. Hela jorden, himlen och helvetet. Allt vill jag ha, men i ditt fall nöjer jag mig med dina drömmar och din längtan. Det är mitt pris.

Y: Det verkar ju vara ett rimligt pris. Visst, okej då, men hur ska vi besegla kontraktet då, ska jag skära mig i handen och besegla pakten med blod?

M: Blod! Här ska inte sölas och blaskas med något blod inte. Vad är det för trams. Du kan bekräfta kontraktet med ett SMS. Det blir smidigast för alla.

Y: Ett SMS? Till vilket nummer då?

M: Vilket nummer? Han frågar mig vilket nummer det är. Mamma mia! 666 såklart, vad trodde du! Skicka "Jag är din för evigt" till 666 så har vi en deal. Det kostar bara 6,66 och så eventuella avgifter från din teleoperatör.

Y: Va, kostar det pengar?

M: Det är väl ingen välgörenhetsinrättning jag bedriver. Nå, hur ska du ha det?

Y: Okej. Ska jag skicka med en bild också?

M: Bild? Ja, naturligtvis min lilla vän, skicka en liten bild du, eller kanske ännu hellre en liten video där du lovar att tjäna den stora Mefistofeles för evig tid.

Y: Vem är Mefistofeles? Är det din manager?

M: Det är ju jag! Idiot!

Y: Okej jag fattar. *Spelar in ett kort video med mobilen där han allvarligt, teatraliskt svär sin trohet till Satan.* Nu har jag skickar det till dig.

M: *Mobilen piper till. Kollar mobilen.* Så då var det klart. Kom nu med mig min vän så ska du din önskan uppfyllas.

Y: Men vänta, du har ju inte frågat vad jag begär...

M: Du begär väl samma sak som alla andra, berömmelse, rikedom, vackra kvinnor, snabba bilar. Det vill alla ha.

Y: Inte jag.

M: Inte? Ja då är det väl en snygg kropp, ett...

Y: Nej, jag vill ha kunskap.

M: Kunskap? Oj då! Det var länge sedan någon efterfrågade det. Vad är det för kunskap du söker min lilla vän? Hur man gör snabba aktieaffärer, tillfredsställer all världens kvinnor eller hur du förgör dina fiender?

Y: Jag vill ha kunskap om pudelns kärna.

M: Pudelns kärna? Jag tyckte du sa att du inte hade läst boken.

Y: Vem orkar läsa sådana där tråkiga böcker. Jag läste en serietidning som byggde på boken.

M: Goethes Faust som en serietidning? Man upphör aldrig att förvånas över människors ytlighet. Jaha, och vad är egentligen den där pudelns kärna som du söker efter.

Y: Lapis philosophorum

M: De vises sten?! Jasså då var det ändå guldet och rikedomen som lockade dig.

Y: Nej, du missförstår mig. Jag söker efter själens kärna. De vises sten var bara en symbol för själens transformation och förädling. Det var inte guld som lockade alkemisterna utan de ville bearbeta och förädla själen så den blev lika värdefull och glänsande som guldet.

M: Nu hänger jag inte riktigt med.

Y: Jag vill finna svaren på mina frågor.

M: Kan du inte bara gå till biblioteket då eller googla på nätet? Är det inte vad ni ungdomar gör idag`?

Y: Den kunskap jag söker finns inte i några böcker. Den rör sig som osynliga radiovågor genom universum, jag kan känna deras närvaro, ett konstant brus som surrar inom mig, men jag kan inte tolka signalerna. Jag vill ha kunskapen som krävs för att förstå det hemliga budskap som genomsyrar skapelsen.

M: Du begär det omöjliga! Inte ens för mig är den kunskapen tillgänglig, bara den Enda kan tolka den.

Y: Du vägrar hjälpa mig?

M: Vägra och vägra. Det finns väl många andra intressen som kan locka en ung man som dig. Som t ex kärlekens mysterier,

 9

här finns mycket kunskap som jag kan erbjuda dig. Jag kan lära dig hur du…

Y: Du tänker bryta kontraktet? Du vet väl vad det innebär?

M: Naturligtvis inte! Här ska inte brytas några kontrakt. Men det blir inte lätt. Jag varnar dig. Den väg som du måste vandra har ingen dödlig varelse tidigare vandrat. Det är högst osannolikt att du kommer att överleva ens den första etappen.

Y: Jag är beredd att göra vad som krävs.

M: Hm, så var den natten förstörd. Av alla lättlurade idioter måste jag välja den här. Kom då för helvete så går vi och får det här överstökat. *Mefistofeles och Ynglingen går ut genom dörren.*

Kyrkogården

En kyrkogård i månsken.

M: *Tar upp en döskalle och räcker den till Ynglingen.* Ta den här.

Y: Wha, vad häftigt en döskalle. Death metal alltså. *Håller upp den i Hamlet-posé.*

M: Så där jag, nu är det lite mer Hamlet känsla över hela scenen.

Y: Hamlet vem?

M: Din obildade tölp. Hamlet, prins av Danmark, melankolins försvarare. Vet du ingenting. Vad lär ni er i skolan nu för tiden? Hamlet det var en stor tung själ som brann länge i Helvetet ska du veta. Slog ihjäl sin älskades far och en hel drös andra. Riktigt begåvad.

Y: Verkar ju inte så smart om han hamnade i Helvetet. Men vad gör vi egentligen här? Är det någon slags litteraturhistorisk vandring vi är ute på?

M: Här ska du lära dig livets förgänglighet. Jag ska väcka några av de döda och låta dem komma till tals.

Y: Som värsta zoombiefilmen då!

M: Döda, odöda, osaliga, hör er mästare som kallar er, stig upp ur mörkret, låt era tungor lossna ur maskens grepp. Jag befaller er stig upp ur underjorden grepp. *Väntar otåligt.* Inget händer. Öh, jag måste ha glömt någon del i besvärjelsen. *Mumlar för sig själv.*

Y: Det kanske ska vara lite hippare som: *Rappar*:

Yoh, likisar och döingar
Dags att steppa upp ur kistan
Vi vill inte ha nåra slöingar
Bara eliten på listan
Bara coola styggisar
Och VIP:ar och snyggisar
Så baxa upp er upp ur döden
Hitta tillbaks till glöden
berätta hemligheten
den om evigheten
och jag svär
den som inte är här
han får lida fett
när morsan eldar hett

M: Det var det sämsta rimmet jag hört sedan medeltiden. Skulle den där morsan vara jag kanske?
Andarna dyker upp som skuggor ur mörkret.
Y: Titta det verka fungera.

-Hm, här tog det slut, nu när det började bli intressant. Ja, så är livet. Man får aldrig några svar.
Går tillbaka till skrivmaskinen. Gorillan försvinner ut i kulissen. Författaren sätter sig och skriver.

Fiskaren kommer in på scenen med sitt metspö på axeln. Ser sig omkring. Ser bordet med alla böcker och papper. Går fram och välter det så alla papper hamnar på golvet. Sätter sig i skräddarställning på bordet och börjar meta. Lyckas fiska ett manus som sprattlar på kroken. Han bläddrar igenom det men kastar sedan tillbaka det på golvet. Slänger ut kroken igen. Efter en stund får han stornapp och kämpa med ett nytt manus. Fiskar upp det och ser storögt på det. Med manuset på kroken går han bort till författaren. Låter det dingla på kroken framför författaren som försöker ta det men fiskaren lurar med honom ut på scenen. Gorillan sätter sig vid datorn och skriver. Författaren lyckas rycka till sig manuset och fiskaren försvinner från scenen.

-Det här kommer jag inte ihåg att jag skrivit. "Lysrör". Det var en intetsägande titel. Nåväl man ska inte döma verket efter titeln som man säger. Första scenen.

En oändlig stort rum med ett oändligt antal lysrör i taket. En del av lysrören blinkar, några är trasiga och lyser inte. Trots det badar rummet i ett skarpt vitt sken. Golv, tak och väggar är vitmålade. Vaktmästaren i blå overall och förmannen i svart kostym kommer ut från hissen.

Förmannen: Ja här är det som du ser.

Vaktmästaren: Whaa! Hur stort är det här rummet egentligen? Jag ser inget slut.

F: Jag vet faktiskt inte, stort är det i alla fall. Som du ser så behöver en del av lysrören åtgärdas och det är från och med nu ditt jobb. Det är ganska enkelt du byter ut dem trasiga lysrören, byter glimtändare om det behövs så att alla lamporna lyser som dem ska.

V: Det lär ta ett tag. Jag menar det måste ju vara tusentals lysrör.

F: Det är nog betydligt fler än så, men du behöver inte ha någon brådska. Ta det bara lugnt och metodiskt så löser det sig ska du se.

V: Om jag har förstått det rätt så är min uppgift att gå omkring här nere mellan åtta och fem på dagarna och se till att alla lysrör lyser. Är det allt?

F: Jag tror att du kommer att inse att det räcker gott och väl.

V: Men vad används det här rummet till? Det är ju alldeles tomt.

F: Det vet jag faktiskt inte. Jag är bara förman här. Men något viktigt är det säkert, eftersom ledningen är så mån om att någon kontrollerar lysrören.

V: Är det fler än jag som jobbar här nere?

F: Inte vad jag vet om.

V: Det kommer kanske någon på kvällen?

F: Det vet jag faktiskt inte. Jag har aldrig sett någon annan här nere.

V: Men har du aldrig undrat vad rummet är till för?

F: Nä, varför skulle jag det? Det är ju inte mitt problem. Kom nu ihåg att bredvid hissen står de nya lysrören och glimtändarna. När du slutat för dagen rapporterar du till mig hur många lysrör och glimtändare du har använt så fyller jag på med nya till nästa dag, på så sätt finns det alltid material när du ska börja jobba. Några frågor?

V: Finns det en stege?

F: Den står borta vid hissen.

V: Hur ska jag orka bära den ända dit bort?

F: Vid hissen står en sparkcykel, stegen har hjul som gör att du kan dra den bakom cykeln.

V: Det låter praktiskt. Han som hade jobbet före mig måste verkligen ha trivts här. Varför slutade han?

F: Han dog.

V: Hur då?

F: Det var nog åldern. Han hade jobbat här så länge jag kan minnas. Som du ser är det en del lysrör som är trasiga och som inte fungerar. Din företrädare orkade inte så mycket de senaste åren, så underhållet har varit lite undersatt den sista tiden men det fixar du snart till, du som är ung och rask!

V: Jo, det kan du slå dig i backen på. Vet du att jag har faktiskt tagit SM guld i simning när jag var ung?

F: Nä, det visste jag inte.

V: Jovisst ser du, här har du en riktig atlet, kärnfrisk som en nötkärna, jag har inte varit sjuk en enda dag de senaste tio åren.

F: Det var roligt att höra, då är du helt rätt person för jobbet.

V: Äh...men...

F: Men vad då?

V: Det är ingen annan som jobbar här nere?

F: Nä, inte vad jag vet om, hur så?

V. Blir det inte ensamt här nere, jag menar man har ju ingen att prata med, och det är ju så stort...

F: Oroa dig inte, du vänjer dig snart ska du se. Här nere finns det gott om tid att tänka och fundera när man går omkring och donar.

V: Tänka? Vad ska jag tänka på, jag gillar inte att tänka så mycket...

F: Nähä, jaha du, men gör vad du vill, bara du ser till att lysrören blir bytta så tänker jag inte bry mig om vad du hittar på här nere. Vi tror på ansvar under frihet. Du kan väl börja så smått med att byta lysrören, jag måste upp på kontoret igen. Har lite att stå i som du säkert förstår.

V: Ja, det är ju klart. Det blir nog inga problem.

F: Det låter bra, då hörs vi senare.

-Nä, nu tog det slut igen. Nästan i alla fall. Det finns några meningar, några anteckningar om vad som ska hända sen nedskrivna på baksidan.

Förmannen tar hissen upp. Mannen ser sig omkring blir mer och mer osäker, försöker ta sig samman och börja jobba. När han vänder sig om hittar han inte stegen, hissen är borta, han känner att han håller på att bli galen. Då hör han plötsligt en djup suck och steg över betonggolvet. En gammal man med stege kommer. Ställer upp stegen bredvid vaktmästaren, och börjar byta ett lysrör.
Finns du? frågar den nya vaktmästaren.

-Finns du? En relevant fråga. Finns jag? Jag skriver alltså är jag. Scribum Ergo Sum eller nåt liknande. Jag tror att det här skulle bli någon form av Guds drama i stil med Pär Lagerkvists "Himlens hemlighet". Det oändliga rummet symboliserar evigheten. Lysrören som släcks och tänds människolivet och den gamla mannen som plötsligt dyker upp är Gud, men vem den nya vaktmästaren skulle vara kommer jag inte ihåg. Kanske en vanlig sökare som du och jag på jakt efter det eviga svaret. Meningen med livet.
Lägger manuset på bordet. Börjar samla ihop böcker och papper på golvet och lägga dem i högar på bordet. Stannar upp med ett nytt manus i handen. Bläddrar i det, läser. Ser ut över publiken.
-Det här är från min mer mogna metadrama period. Jag gillar titeln med alla sina alliterationer.

Meningslösa monologer för medelmåttiga medelålders män

Scenen består av tre stora griffeltavlor som bildar ett scenrum. I mitten finns en rund vit scen som påminner om en barnkarusell, och som är uppdelade i fyra tårtbitar med hjälp av ett metallräcke. Längst fram står mannen, efter honom Kung Ubu, Döden från Bergmans film "Det sjunde inseglet" och slutligen Poeten. Medan monologerna fortgår rör sig Nosferatu från F.W Murnaus film i bakgrunden av scenen och målar med hjälp av gatukritor upp expressionistiska scenografier hämtade från Robert Wienes film "Das Cabinet des dr. Caligari" (1920) på de tre svarta griffeltavlorna

Mannen: Varför?! Varför skapade du mig så medelmåttig?! Jag är varken det ena eller det andra. Min själ befinner sig i en hiss som stannat mellan två våningar. Jag kan varken ta mig ner i dumhetens mörka källarglömska eller upp till geniernas solbelysta terrass. Instängd i mig egen ofullkomlighet, i medelmåttans trånga bur vankar jag rastlöst runt i mitt fängelse. Varken tillräckligt dum för att nöja mig med min lott eller tillräckligt smart för att ta mig ur min situation.

Klättra ur hissen, utbrister den djärve! Fly din bur, ta trapporna upp till ljuset! Dårskap! Ja, dårskap säger jag. Tänk om jag blir hängande mitt emellan hissen och golvet när hissen startar igen! Vilken fruktansvärd plåga och död! Nej, tanken skrämmer mig. Jag tänker inte lämna min plats förrän jag är försäkrad om att det är helt ofarligt att klättra ut. Det kanske kommer någon och räddar mig. Ja, någon upptäcker snart att jag sitter fast. Någon saknar mig där uppe på terrassen där festen pågår för fullt. Man ropar efter mig. Söker mig. Finner mig. Räddar mig. Leder mig upp till ljuset där jag hör hemma. Eller så blir hissen lagad. Plötsligt börjar hissverket gnissla, det rycker till, sakta rör jag mig uppåt, uppåt mot ljuset. Jag är på väg hem! Men tiden går, jag står fortfarande här, mitt i medelmåttans träsk.

Scenen snurrar ett kvarts varv.

Kung Ubu: Vid min gröna taljdank. Vad den här dräkten kliar och varm är den också. Ha, ha en sån dårskap. En spark i rööööven ska du ha din medelmåtta. Man gör vad man vill och jag gör mig mest till. Kråmar och åmar mig för min fina Cunnigunda. Rööövhål! Så var det sagt. Inge märkvärdigt med det. Det som kommer in ska komma ut vid min gröna taljdank. Här står jag och svamlar när jag har kungligt tarv att förrätta. Fram med den kungliga förgyllda pottan nu ska det skipas rättvisa. Av med huvudena på dem! Inget rensar magen som en morgonavrättning. Nya lagar ska stiftas. Vad ska jag skriva på? Ett skitpapper duger bra som underlag. Lystring alla undersåtar. Kung Ubu åderlåter sin tarm över er dödliga och förkunnar att från och med idag är toarullen er nya lagbok och nåde den som torkar sig med lagtexten. Av med huvudet på dem!

Scenen snurrar ett kvarts varv.

Döden: Länge har jag gått vid din sida. Du blev inte upptäckt när du var 20 år, du blev inte geniförklarad när du var 30 och ingen odödliggjorde dig när du fyllde 40. Nu är allt försent. Men var inte rädd människa, din tid är inte kommen. Du har bara nått mitten av din levnadsbana. Ännu återstår minst 40 år av bitterhet, förfall och vedermödor. Du har ännu lång tid kvar i medelmåttans gråa dödsdal. Du kan inte undfly ditt öde. Du är alldeles för feg för att dra självmördarens vassa beslut. Du tror att du har alldeles för mycket att förlora och innerst inne hoppas du fortfarande på räddningens timma. Men från med idag ska jag låta min skugga kasta sitt kalla sken över dig och låta kylan påminna dig om din dödlighet.

Ångesten ska sakta fylla din själ medan stigen leder dig allt närmare mörkret. Jag går vid din sida som en skugga.

Scenen snurrar ett kvarts varv.

Poeten: *Gurglar sig med munvatten. Spottar ut.* AAAAA! A en bra början. Sedan lägger jag varje bokstav i alfabetet efter varann i en prydlig rad, varje bokstav verkar genial, men när jag lyfter upp mitt poetiska halsband lossnar alla bokstäverna och rullar iväg över golvet. Det är som om tanken inte orkar hålla ihop denna konstruktion, som om geniets tunna tråd fattas mig. Min värld rasar ner i dyslexi och oläsliga skrifter, utsuddade försök, överstrukna tankar på ett papper som brister under mina fåfänga ansträngningar.

A, B, C
kom och se
D, E, F
poeten som misslyckas
med sitt rim
han står dum och trist
nedfallen från egen
avsågad kvist.

Scenen snurrar ett kvarts varv.

Mannen: Vad kallt det blev, som om en kall vind smekte min rygg. Det värker i knäet, och ryggen känns inte bra. Magen är i olag. Uppsvälld och gasig. Är det för mycket kaffe, sprit och feta såser? Mitt välmående välstånd börjar lägga sig som en tung kedja kring min midja. Men något ska jag väl ändå trösta sig med? Jag har redan levt så länge. Något gott förtjänar man väl i livet. Man kan väl inte bli munk och asket bara för att

18

man börjar bli till åren? Vem vet hur länge man lever. Gnaga på morötter, dricka vatten, plåga sig på motionscykeln år efter år bara för att en vacker dag får slaganfall, en åder som brister i hjärnan, en cancersvulst som växer och slukar allt liv inom en som ett mörkt hål. Nej, jag vill inte tänka på det. I morgon är en annan dag, man måste leva nu och njuta av dagen.

Men i morse såg jag ett grått hårstrå i badrumsspegeln. Det har börjat växa hår i mina öron, rynkorna verkar djupare i det här ljuset, skinnet liksom gråare och slappare. Det går utför för mig. Jag är Sisyfos som har nått toppen av berget. Härifrån är det bara nedför. Nej, det behöver ännu inte vara försent. Snart tippar kanske min våg över. Allt jobb, alla mödor ger plötsligt resultat. Motvikten förskjuts och den stängda dörren öppnas framför mig. Jag släpps in i det inre hemliga rummet. Jag slipper att sitta i medelmåttornas vänthall, trängas med alla andra med brustna drömmar och förhoppningar. Jag kan kasta av mig min gråa förklädnad, visa min själs innersta skimrande tankar. Jag ska glänsa, beundras, lysa som en stjärna på det mörka valvet, om så bara ett kort ögonblicks blinkning på natthimmel. Jag vill en gång i livet brinna, om så bara för att slockna. Men istället glöder jag tryggt som en gammal grill fylld med grillkol där barnen tryggt kan grilla sina korvar.

Scenen snurrar ett kvarts varv.

Kung Ubu: Grunk! Vilken fåne! Som en fjärt ur min stjärt. Jag Kung Ubu, Poloniens furste, arvtagare till den farliga leken, prins av näsorna förkunnar ur djupet av mitt svalg ett kungligt sekret med sigill, stämplar och hela ryska baletten. Hör! Hör! Kung Ubus ord! .... Va fan skulle jag säga nu då! Vid min turkiska mästress arsle jag har glömt det. Kanalj! Det är mitt eget fel, min odåga! Min usling som inte kan komma ihåg kungliga dekret. Av med huvudet på mig. Nej, vänta, nu kom det tillbaka som en spottloska i vinden. Alla som jag huggit huvudet av, och det är många i mina dar, förbjuds att bära hatt och mössa. Ja, just så var det tänkt i min kungliga excellens. Och den som bryter detta kungliga sekret hugger jag huvudet av. Hm, vänta nu, hur hugger man huvudet av en huvudlös? Jo visst! Först klistra jag på det igen och sen hugger jag huvudet av dem! Av med huvudena och näsorna om de är för långa!

Döden: Tänk på att du ska dö....
Scenen börjar långsamt snurra runt och går allt snabbare och snabbare. Skådespelarna försöker förgäves hålla sig kvar och säga sina repliker under den korta period som scenen pågår.
Poeten: Älskling du är som en ros...
Mannen: Det känns så hopplöst...
Kung Ubu: Raaap! Vilken kunglig etikett.

Döden: Lien blixtrar till..
Poeten: Det är vackrast när det skymmer...
Mannen: Livet är svårt att leva...
Kung Ubu: En smaklig spis...

Döden: Ett ständigt jagande efter vind..
Poeten: Vem minns den snö som föll ifjol..
Mannen: Livet snurrar allt snabbare...
Kung Ubu: 13 helstekta grisar

Döden: Kvinnan föder gränsle över en grav...
Poeten: Kärleken vissnar som en ros...
Mannen: Ångest är min arvedel

Kung Ubu: 42 fläskkotletter....

Döden: Gravens kalla hand...
Poeten: Maskarnas slingrar sig...
Mannen: Livet...
Kung Ubu: 20 vinfat

Skådespelarna far av karusellen och ramlar huller och buller omkring på scenen.

Kung Ubu: Vid min kungliga taljdank! Hur vågar någon kasta av det kungliga geniet! Jag ska stoppar upp hela den förbannade pjäsen i röven på dig och spränga skiten till konfetti! *Han sliter manuset ur författarens hand och stoppar in det i en kanon och tänder på stubinen* Tänt var det här! *Håller för öronen och backar. Bomben exploderar och kastar upp ett moln av konfetti i luften.*
Döden: Mina öron! Jag har fått nog av dig, din högljudda skrävlande idiot!
Kung Ubu: Hur vågar du tilltala Kung Ubu ditt benrangel. Av med huvudet!
Döden: Med nöje. *Hugger av huvudet på Kung Ubu med lien och går därifrån.*
Poeten: Ööööööööö, jag mår illa, jag tror det är slut, jag kilar vidare och går ut.
Mannen kravlar fram till scenkanten alldeles vimmelkantig, faller ihop utmattad. Nosferatus har ritat klart kulisserna. Ridån, i form av en tunn vit duk sänker sig sakta ner över scenen. Det mörknar. Man ser skuggan av Nosferatu som sträcker sig mot mannen vid scenkanten som kippar efter andan som om han stryps, precis som i den berömda trappscenen ur filmen Nosferatu. "The End" projiceras på den vita duken.

-Oj, här var det många tankar och referenser på samma gång. Det tål att tänkas på.

Författaren går tillbaka till sitt bord och Gorillan försvinner ut i kulissen.

-Var var jag någonstans i dramat. *Läser på skärmen.* Bananas, banan, bananer, banana split, banankaka, banan, bananas... Vad är det här för strunt? Har jag skrivit det här? Det har jag inget minne av? Det låter som ett drama för apor eller Minioner. Kanske inte så dumt ändå. Ett drama för apor med apor om bananer, det skulle bli en riktig monkey business. Man kunde engagera de stora stjärnorna King Kong, Cesar och Nicke Nyfiken? Vill lägger utkastet i mappen "Tål att tänkas på".

Författaren fortsätter att skriva på sin laptop. Från kulissen kommer tomten med sin säck. Smyger fram bakom författaren. Letar i sin stora säck och plockar fram en bomb, med en klocka, inslagen i fina presentband. Han ställer in klockan och placerar den försiktigt under stolen. Tassar på tå bort från författaren. Sätter fingrarna i öronen och väntar. Författaren ser upp från sin laptop. Tänker, skakar på huvudet. Raderar texten. Scenen med Tomten spelas upp baklänges. Tomten går tillbaka och hämtar bomben, stoppar tillbaka den i säcken och försvinner baklänges ut i kulissen. Författaren ser upp igen från skrivandet. Ser drömmande bort medan följande scen utspelar sig på scenen. På filmduken ser man en sten där fiskaren sitter och metar vid en spegelblank sjö. Som i en dröm kommer den unga kvinnan i vit klänning in på scenen. Solen strålar milt över henne, hon ler och sträcker ut sina armar mot författaren. Rosenblad faller från taket. Från taket börjar det droppa blod. Bilden med fiskaren mörknar och försvinner. Bakifrån kommer Döden och sticker ett svärd i kvinnan. En hink med blod töms från taket över kvinnan som faller död ner på golvet. Döden släpar henne över scenen och lämnar ett blodspår efter sig. Författaren rycker till, skakar av sig de obehagliga bilderna. Återvänder till sitt skrivande.

Det ringer på dörren. Författaren reser sig upp, går bort till dörren och öppnar den. Det finns ingen där. Han ser sig irriterat omkring. Går tillbaka till sin laptop. Hinner bara sätter sig då det ringer igen på dörren. Han går snabbt bort till dörren och öppnar den. Men det finns ingen utanför. Han stänger dörren eftertänksamt.

-Varför känns det som om jag är med i ett drama av Ionesco? Men det är väl bara någon av ungarna i trappan som busringer på dörren.

Han sätter sig vid datorn igen, då det ringer på dörren för tredje gången. Författaren kastar sig upp från stolen och rusar fram till dörren, som han sliter upp och ropar: "Va!?" Utanför dörren står brodern. Författaren tittar förvånat på honom.

-Min bror. Du ska ju inte komma nu. Det är först längre fram i dramat som den här scenen utspelar sig? Förstår du inte att du inte kan komma nu? Du förstör ju allt? Gå din väg!

Brodern: Ta och tagga ner lillebror. Du sa att jag kunde titta förbi. Jag visste inte att det var på minuten som jag skulle göra entré. Min föreställning slutade tidigt så jag tänkte att jag passar på nu innan jag går hem.

-Din föreställning? Är du skådespelare?

-Ja, i dubbel bemärkelse. Man skulle säga att jag är en meta-skådespelare. Jag spelar rollen som en skådespelare som är en skådespelare, dessutom är jag en bror som spelar en bror, dock är jag inte din bror.

-Nu hänger jag inte med. Var det du som ringde på dörren innan?

-Ja.

-Varför stod du inte kvar när jag öppnade.

-Jag fanns ännu inte eftersom jag inte var inskriven i manuset. Därför kunde du inte se mig

-Om du nu inte fanns, hur kunde du då ringa på dörren.

-Ah, det är en av fiktionens stora och olösta frågor. Som den stora filosofen Sokrates sa. Sockerkaka är gott om det finns någon kvar.

-Vilken rappakalja. Vilken lögn. Alla vet att Sokrates avskydde sockerkaka.

-Jag tycker om sockerkaka.

-Men du är inte Sokrates.

-Sant, inte idag, idag är jag ju din bror, fast inte på riktigt, jag är väl mer en bror som spelar en bror, en form av tvillingbror eller en meta-bror.

-Jag orkar inte lyssna på ditt dravel. Det var en dålig idé att ta med dig i den här föreställningen. Du bara förstör allting. Jag önskar att du hade varit oskriven. Gå din väg och kom inte tillbaka. *Brodern står kvar.* Vad väntar du på? Gå din väg!

-Jag kan ju inte gå förrän du har skrivit ut mig ur scenen.

Författaren går bort till sin laptop. Skriver "Brodern går". Vid dörren försvinner brodern. Författaren går och stänger dörren.

-Märkligt, mycket märkligt, det där med Sokrates och sockerkakan. Har jag verkligen skrivit det? Sockerkaka fanns väl inte på Sokrates tid och varför skulle han ha sagt det? Skulle han kanske efter att han tömt giftbägaren försynt ha frågat: "Finns det någon sockerkaka? Sockerkaka är gott om det finns någon kvar."

Författaren stannar framför bordet med pappren, och börjar bläddra bland manuskripten, medan han mumlar "Sockerkaka, varför inte muffins, gifflar, kubb eller småkakor för den delen. Sockerkaka, så märkligt att jag skrev just det."

Håller ett manus i handen och ser på publiken.
-Hur länge ska man hålla på? Hur länge förväntas sig publiken att det ska fortgå. När känner de att de fått valuta för pengarna? En halvtimme, en timme, tre timmar? *Tittar på klockan.* Hmm, det har gått 40 minuter, så antingen har jag dragit över med 10 minuter eller så måste jag hitta på något mer. Men vad då? *Ögnar igenom manuset som han håller i handen.* Nej, det här kan man verkligen inte spela upp. Det är alldeles för vulgärt och perverterat. Att skildra sådant snusk på en scen, då skulle man bli stämd, publiken skulle bua ut mig och det blir upplopp. Det finns ju barn i publiken och äldre! Jag förstår inte hur min fantasi har kunnat spotta ut något så oanständigt. Herregud, den här scenen var det grövsta som jag läst. Kan man verkligen göra så här, det måste ju göra ont, men det verkar som de njuter av varje sekund. *Tittar på framsidan.* Okej, nu fattar jag, det är ju inte mitt manus. Vilken lättnad. Ingmar Bergman… Om man ändå kunde skriva som Ingmar Bergman då hade man varit känd och berömd vid det här laget. Fast jag skulle ju kunna, nä, jag menar, om jag stryker hans namn på framsidan så här och sedan istället skriver dit mitt eget. Sådär, nu ska vi se vad jag har skrivit för något genialt. *Börjar läsa ur manuset:*

-En kvinna och en man befinner sig i ett litet rum ute på landet. De ser på varandra och börjar långsamt klä av sig. De står nu i underkläderna bara några centimeter från varandra och det bokstavligen ångar från deras kroppar. Stämningen är het och fuktig. Ljuset släcks. Man hör röster i mörkret. Jag är så varm och fuktig. Det är trångt här, jag kommer knappt in. Försök bakifrån. Ja just så. Det känns som om jag brinner. Mina läppar är så fuktiga. Jag kände något hårt mot min rumpa. Ta det lugnt så du inte skadar dig. Nu tror jag att jag kommer in. Ta det försiktig bara. Aj, helvete, vad ont det gör i röven. Det bränner och sticker. Ljuset tänds. Mannen och kvinnan i badkläder befinner sig i en liten trång bastu. Mannen tar sig för rumpan. Jag tror jag brände mig på det jävla aggregatet. Jag sa ju att du skulle ta det lugnt. Det är väl inte mitt fel att den här jävla bastun är så trång. Jag tycker det är för varmt och fuktigt här. Kan vi inte gå ut? Men jag har ju nyss kommit säger kvinnan...

-Ha, han är bra rolig den där Bergman. Vilken jävla humor. Nej, nej, det är ju inte den Bergman. Hur kan ni tror det? Det är ju min granne Carl Bertil Ingmar Bergman som skrivit det här. Han är en riktig skämtare. Ni skulle bara höra vilka fräckisar han kan berätta. Som den om flickan och pojken och munspelet. Jasså, ni har redan hört den, då behöver jag inte berätta den igen.

Författaren går och sätter sig vid laptopen igen. Läser igenom vad han skrivit.
-Nej, här har det ju blivit helt knasigt. Nu förstår jag vad som har hänt. Jag har råkat flytta om sidorna i dokumentet. Det var därför som min bror kom vid fel tillfälle. Alldeles för tidigt i pjäsen. Om jag markerar, och klipper ut scenen, så kan jag lägga tillbaka den här där den hör hemma. Sådär.
Det ringer på dörren. Författaren går och öppnar dörren. Utanför står brodern.
Brodern: Hej bror jag tog med mig en sockerkaka som jag vet att du gillar.

Författaren: Tack. Kom in vet jag. *De går och sätter sig vid bordet.* Hur var det på teatern idag?

B: Jo, vi håller på att repetera en intressant pjäs, jag tror att du skulle ha gillat den. Den heter "Den skalliga primadonnan" och det är en så rolig scen i den. Det ringer på Mr och Mrs Smith dörr, men det står ingen där utanför. Fattar du hur kul det är?

F: Hmm, jag vet inte om jag tycker det låter så kul. Det är uppenbarligen någon som skojar med dem.

B: Och sen när det ringer på dörren för tredje gången då står det en brandman utanför dörren. En brandman! Fattar du hur kul det är?

F: Brinner det?

B: Vet du vem som spelar brandmannen?

F: Du?

B: Ja just det din egen bror! Fast det är ju lite märkligt att jag spelar din bror, jag är ju också biologiskt din bror, men fast jag är din bror, så är du inte min bror. Hur kommer det sig?

F: Ja det är märkligt. Hur kommer det sig?

B: Du är min syster?

F: Ja, det låter logiskt.

Ur kulisserna kommer gorillan gående ätande på en banan. Författaren tittar förskräckt på gorillan. Pekar och gapar men får inte fram ett ljud. Brodern tittar på vad författaren pekar på.

B: Vem i djungeln går dåligt? Går illan, gorillan, fattar du! Får jag presentera min fru Gor...jag menar Gunilla, gorillan Gunilla. Älskling hur var repetitionerna?

Gorillan kommer fram till författaren och brodern och tar av sig masken.

G: Det gick bra. Jag tror att det kommer att bli en succé.

B: Du förstår, jag är inte bara skådespelare och din bror. Jag är författare också. Jag håller att sätta upp en ny pjäs som jag kallar Monkey Buisness, som handlar om apor och bananer. Alla de stora är med King Kong, Cesar och Nicke Nyfiken förstås.

F: Men, är det inte min pjäs. Skrev inte jag det, eller hur var det...

B: Gunilla kan du inte spela upp någon scen för min kära bror så vi får höra vad han tycker?

Gunilla tar på sig gorillamasken och börja spela upp scenen, samtidigt dyker mannen upp i kulisserna. Han påminner om författaren och kunde vara hans dubbelgångare. Mannen tittar försiktigt fram i kulissen, försöker få ögonkontakt med författaren, vinkar och viskar på honom. När han inte får någon respons börjar han försiktigt, ursäktande mot publiken gå över scenen mot författaren medan Gorillan Gunilla hoppar omkring som en apa med en banan i handen och ropar: Banan, bananas, banansplit, banan, banan, guleböj, bananas, banan, bananglass, banan, banan.

Mannen är nu framme vid författaren och börja harkla sig.

M: Ursäkta, ursäkta att jag stör, men...

Författaren tittar konstigt på mannen. Gunilla har slutat apa sig och tagit av sig masken.

F: Vem är du? Vad vill du mig?

M: Jag ber så mycket om ursäkt att jag stör och avbryter, men jag skulle vilja veta hur länge ni tänker hålla på. Du ser vi har bokat tiden efter er och nu har vi väntat en bra stund på att komma in på scenen. Förresten låt mig presentera mig. Jag tillhör amatörteatersällskapet Teatermyran och vi ska repetera efter er. Det blir några scener med nyskrivna texter av lokala författare.

F: Teatermyran då är ni väl bra flitig era stackare.

M: Ni behöver inte narras. Det var en enkel fråga. Hur länge tänker ni hålla ni på?

Författaren tittar på klockan.

F: Det börjar kanske bli dags att runda av innan publiken tröttnar. De borde väl ha fått valuta för sina pengar nu. Ska vi säga 10 minuter? Men först så blir det galenskaper.

M: Det låter bra. Galenskaper ska man alltid ha med på scenen. Galenskaperna får man inte glömma. *Mannen går iväg.*

Brodern har under tiden tagit på sig en vit läkarrock och ett par runda glasögon. Gunilla har plockat upp en tvångströja som hon håller i handen.

B: Herr Jansson vem talar ni med?

F: Jag? Jag talar med. *Ser sig omkring med hittar inte mannen.* Vart tog han vägen? Det var väldigt vad lik han var mig? Men det var ju jag! Precis som Hitchcock och Stan Lee medverkar jag förstås i min egen produktion. Jag dyker upp i en biroll, ja, inte jag förstås, utan en body-double, jag sitter ju här och kan ju inte vara där och här samtidigt. Inte ens i fiktionens värld fungerar det, eller gör det?

B: Herr Jansson inbillar sig saker nu igen. Sitter och pratat för sig själv. Det är inte bra för herr Jansson att tänka så mycket. Men vi ska hjälpa herr Jansson att komma på bättre tankar.

Gunilla kommer med tvångströjan och de hjälps åt att sätta på författaren tröjan och leder honom sedan till en sjukhussäng där de placerar honom. Sådär, vi vill ju inte att herr Jansson ska bli någon Don Quijote eller tro att Livet är en dröm. Eller hur?

F: "Om en dröm mig detta lärde / Om jag än den fruktan hyser / Att jag vakna skall och finna / Mig ännu en gång i tornet?"

B: Som en papegoja envisas herr Jansson med att hävda att det hela bara är ett drama.

F: Polly vill ha sockerkaka. Polly vill ha sockerkaka. "Mor, gi'
mig giftkoppen."
Brodern blir förvirrad och står handlingsförlamad.
B: "Nei; nei; nei! "
F: Jo! Och en bit sockerkaka!
B: "Nei; nei!"

Dårhuset
Författaren sitter i en sjukhussäng, tvångströjan är borta. Han
är klädd i vita kläder och sitter och skriver i ett
anteckningsblock. Bredvid honom sitter poeten, också klädd i
vita kläder, och läser ur en bok.

F: Varför är det så svårt att hitta på något att skriva om? Allt
känns så falskt. Kanske är det medelmåttans dilemma.
P: Skriv om något du upplevt?
F: Som vad då?
P: Som att sitta på ett dårhus?
F: Är det här ett dårhus?
P: Nja, långt tillbaka i tiden kallade man det för dårhus, sen
för mentalsjukhus, och sedan psykiatrisk vårdanstalt men nu
kallar man det för institutionen för själslig och neurologisk
korrigering och balansering.
F: Men vad gör jag här? Jag är väl inte galen?
P: Inte alls. Tvärtom. Dårhusen byggdes för att skydda de
friska från samhällets riktiga galningar. Du skulle bara veta
vad som händer där ute. Vilka idioter. Man kan knappt tro det
är sant så som de beter sig. Där kan man tala om galenskap
och sinnessjukdom. Här inne råder normaltillståndet. Så som
världen egentligen borde vara om vi fick bestämma.
F: Jag har alltid haft en känsla att något inte stämmer. Att
hela världen är vänd ut och in, att den är spegelvänd, att allt
egentligen skulle vara helt annorlunda. Att jag är under

konstant bevakning, som om någon iakttar och dokumenterar varenda steg jag tar.

P: Nog är vi bevakade alltid. Det är ingen inbillning, utan en del av världens paranoida sjukdomstillstånd, dess galenskap. Kameror följer varje steg vi tar, genom mobiler och andra apparater samlas enorma mängder data in om våra liv, om vilka vi träffar, var vi är, hur länge vi gör saker, ja, allt samlas in av Storebror. Det är som om vi lever i 1984 fast tusen gånger värre.

F: Det kunde jag kanske skriva om? 1984, då var jag bara 12 år gammal. Brukar ni skriva och hitta på saker?

P: Jag är poet till yrket?

F: Så hela ert liv är uppdiktat precis som mitt? Så intressant. Så intressant. Har ni fått något publicerat?

P: Någon liten obetydlig dikt har jag väl lyckats fått publicerad i någon ännu mindre oansenlig tidskrift.

F: Inget annat?

P: Tja, jag vet inte. Jag har väl skrivit någon lite sång också. Förmodligen inget ni känner till. "Jag älskar er!"

F: *Börjar genast att sjunga refrängen.* Jag älskar er! Jag älskar er! Det var ju den som vann Melodifestivalen! Har du skrivit fler låtar.

P: Ja, men jag tvivlar att det är något ni har hört. "Jag älskar er ännu mer!".

F: Nynnar "Jag älskar er ännu mer!". Men det är ju den som legat så länge på Svensktoppen! Har ni skrivit fler sånger som jag känner till?

P: Nej, det verkar inte speciellt troligt. Jag har egentligen bara skrivit en till, som heter "Jag älskar er fortfarande!!".

F: Sjunger för full hals " Jag älskar er fortfarande!". Det är ju min favoritlåt. Den har ju toppat alla utlandslistorna de senaste åren och fått en massa priser. Tänk att det är ni som skrivit den.

P: Ja tyvärr bär jag även det på mitt samvete. Men nu försöker jag koncentrera mig på mina dikter istället.

F: Handlar de också om kärlek?

P: Nej, absolut inte, de handlar om bastu.

F: Bastu? Jaha? Du skulle inte kunna läsa upp något så jag får höra hur det låter. Det skulle vara spännande.

P: Javisst, varför inte. Låt mig tänka. Jo, den här blir bra. Den heter Varmt. *Paus.* Varmt. *Sitter tyst ett tag.* Nå vad tyckte ni?

F: Var det allt? Varmt? Du kan inte läsa någon till som jag får ett bättre grepp om dina dikter?

P: Naturligtvis. Jag kan ta den här som heter Varmare. *Paus.* Varmare. *Sitter tyst ett tag.*

F: Varmare?

P: Ja, den var inte så dålig eller hur?

F: Jag är fortfarande lite osäker. Kanske en till skulle hjälpa.

P: Du var mig en hård kritiker, men låt gå. Het. *Paus.* Het. *Sitter tyst ett tag.* Den är jag riktigt nöjd med.

F: Man kan inte direkt anklaga dig för att slösa med orden precis. Det måste bli en billig tryckkostnad för bokförlaget. Låt mig gissa att du också har skrivit en dikt som heter Svettig?

P: Svettig? Nej, det har jag verkligen inte skrivit. Sån oanständig smörja skulle jag aldrig ta i min mun. Vem tar ni mig för? En snuskförfattare kanske? Det är lätt för er att sitta där och vara kritisk mot andra. Men du själv då? Vad har du publicerat som är så genialt och märkvärdigt?

F: Tyvärr måste jag nog säga att jag ännu inte fått något utgivet. Det verkar stört omöjligt att publicera dramatik. Men jag håller på med en ny pjäs nu som jag tror kan bli en succé. Jag hoppas att den kommer att sättas upp på Dramaten snart.

P: Och vad handlar den om?

F: Lite av varje skulle jag säga. Om ditt och datt. Om skådespelare och en författare.

P: Säg inte att det är en sånt där metadrama du håller på med?

F: Jo precis, hur visste du det?

P: Ha! Inte undra på att du inte blir utgiven. Metadrama, ett sånt dravel. Ingen är väl intresserad av metadrama. Jag skulle vilja se den dagen då Dramaten sätter upp ett metadrama. Det skulle vara enklare för en kamel att komma genom ett nålsögat.

F: Nu är du elak. Jag vill inte längre höra vad du säger. *Antecknar i sin anteckningsbok. Poeten blir plötsligt stum. Han pratar vidare och häcklar författaren men man hör inga ljud. Snart inser han att han inte hörs och börjar skrika och gorma till han blir alldeles röd i ansiktet av ansträngning. Han ger upp, förargad återvänder han till sin bok.*

Mannen kommer smygande ut från kulisserna. Gå fram till författaren. Ser irriterat på honom, skrapar med foten och harklar sig högt. Författaren ser upp på honom.

M: Det har gått 10 minuter för länge sedan. Ni skulle ju vara klara om 10 minuter sa ni ju. Min ensemble väntar otåligt i kulisserna för att få repetera. Hur länge till ska ni hålla på egentligen?

F: Einstein och naturvetenskapen har lärt oss att tiden är relativ. Fiktionen har vetat det länge. I berättelsen förflyter tiden efter sina egna regler. Flera år kan passera på några sidor, en händelse som utspelar sig inom en minut kan spänna sig över en timme i lästid. När jag sa 10 minuter menade jag ingen utmätt tid i verkligheten utan en tidsrymd inom fiktionens värld. Som när syskonen stiger in i garderoben och befinner sig flera år i landet Narnia, men när de kommer tillbaka har det bara gått någon timme.

M: Men när är ni klara då?

F: Så snart ridån går ner. Då stannar vi vår fiktiva tidräkning.

Mannen går irriterad och muttrande därifrån.

F: *Ser sig omkring.* Nu har jag visst pratat med mig själv igen. Dags att ta min medicin. *Tar upp ett piller som han sköljer ner med ett glas vatten. Sätter sig och skriver igen.*

F: Varför är det så svårt att hitta på något att skriva om? Allt känns så falskt. Kanske är det medelmåttans dilemma.
Poeten har nu blivit filosofen i dramat.
Fi: Som filosof skulle jag säga Ingenting.
F: Ursäkta?
Fi: Ingenting är det bästa ämnet. Det sammanfattar existensens stora frågor på alla plan.
F: Hur kan man skriva om ingenting? Blir det inte bara blanka sidor?
Fi: Vår tillvaro är uppbyggd av atomer. En atom består nästan bara av tomrum. Sålunda är tomrummet normaltillståndet i materien. Det synliga oändliga universum består bara av några procent materia, resten består så vitt vi vet av sådant vi inte kan iaktta eller registrera. Ingenting verkar alltså var huvudingrediensen i tillvaron. Enligt kvantfysiken existerar bara verkligheten när den kan observeras. Annars existerar den inte. Verkligheten i stort verkar alltså vara högst osäker, för att inte säga osannolik. Vem kan säga om den verkligen existerar. Ingenting förefaller vara det enda vi kan vara säkra om.
F: Det låter som fiktion. En berättelse finns den om ingen läser den? Det är först när någon läser den som den kommer till liv och blir verklig, eller hur?
Fi: Där ser du. Ingenting är normaltillståndet. Det är bara i yttersta sällsynta fall som något verkligen existerar. Därför borde konsten i första hand handla om ingenting.
F: Men hur ska man kunna beskriva och gestalta detta ingenting. Hur bygger man karaktärer, miljöer och handling kring ingenting?

34

Fi: Med filosofisk argumentation kan alla sådana detaljer enkel lösas. Kan en sten flyta? Nej. Kan du flyta? Nej, alltså är ni en sten.

F: Vänta nu, en pimpsten kan ju flyta, och jag kan ju simma, så jag kan flyta, så jag kan inte vara en sten!

Fi: Jaså, men då verkar det som om ni är en pimpsten människa!

Författaren börjar gråta.

Fi: Varför gråter ni?!

F: Jag vill inte vara en pimpsten.

Fi: Ta er samman. Ni är ingen pimpsten. Vi har ju redan konstaterat att ni är ingenting.

F: Är jag ingenting?

Fi: Ja, ingenting. Känns det bättre nu?

F: Ja, tack så hemskt mycket för att jag slapp vara en pimpsten. Hur skulle det ha gått med mitt drama om jag var en pimpsten?

Antecknar i sitt block. Bryter av spetsen på pennan.

F: Typiskt, nu bröt jag av spetsen på pennan också. Nu kan jag inte skriva någonting mer.

Fi: Perfekt. Nu kan du skriva ingenting. Det är ju mycket bättre när du tänker efter.

F: Är det?

Fi: Ja, allting handlar om ingenting det har vi redan konstaterat. Genom att skriva ingenting, kommer du sanningen närmare än du hade kunnat göra om du skrev någonting. Ingenting är det bästa du kan göra. Ett drama om ingenting kommer att göra succé. Det bästa är att du inte ens behöver hyra lokal, anställa skådespelare, bråka med en regissör som ändrar i din text hela tiden, för det är ingenting. Möjligen kan du sätta upp en affisch med ingenting för att berätta om din nya fantastiska pjäs.

F: Det låter som kejsarens nya kläder i mina öron.

Fi: Och se där vilken succé den berättelsen blev. Ingenting är framtiden lita på mig.

Författaren går runt och letar efter en ny penna, men hittar ingen. Får syn på laptopen som han plockar upp och tar med sig tillbaka till sängen. Filosofen sitter och läser. Författaren skriver på datorn.

Filosofen rycker plötsligt till. Börjar få konstiga spasmer. Skriker: Tombala skrott exsurt plok shyr. Författaren tittar förskräckt upp på filosofen som nu rest sig ur sängen och slumpmässigt börjat röra sig ryckigt runt på scenen medan han ömsom skriker, viskar, pratar, deklamerar olika texter på påhittade språk. Lollipop kot exsport floter. Nim wet fok tudok mate q q plim svad umde kony....

F: Vad är det som händer? Det här har jag inte skrivit. Vad är det för skit? *Tittar på skärmen. Skakar på datorn. Reser sig upp ur sängen. Går omkring på scenen.* Vad är det som händer med min text. Den är ju alldeles förstörd. Ord och meningar sammanblandas och byts ut. Texten förändras och utplånas inför mina ögon som om datorn drabbats av något virus! Nej, nu börjar datorn formatera hårddisken också. Hela min skapelse utplånas framför mina ögon. Sektor för sektor, scen för scen försvinner, upplöses och blir till intet. Jag har inte längre kontroll över min egen berättelse. Ingenting kliver in på scenen som ett stort mörker och utplånar allting. Det känns som om jag faller. Faller ner i ett stort svart hål av ingenting. *Ramlar ihop på golvet. Blir liggande. Vaknar efter en stund upp. Ser sig förvirrat omkring.* Var allt bara en dröm. En dröm som jag nyss vaknat upp ur. *Tar upp datorn från golvet går och sätter sig på samma plats som när dramat började. Gnider sig om hakan.* Drömmen kändes så välbekant som om jag redan hade upplevt den. Det är så märkligt hur svårt det ibland kan vara att skilja mellan verklighet och dröm, mellan fiktion och verklighet, som om de bara är olika sidor av samma mynt. *Tar fram ett mynt ur fickan.* Jag kastar myntet hög upp i luften och låter slumpen avgöra vad min nästa pjäs ska handla om, dröm eller verklighet. *Kastar upp myntet. Fångar det i handen. Tittar på det. Lägger det åt sidan och börjar skriva.*

F: *Reser sig hastigt upp från stolen.* Nej, så här kan det ju inte sluta. Jag har fått en bättre idé, ett genialt och oväntat slut på mitt drama, men det sparar jag till nästa föreställning. Välkommen åter min kära publik!

Satanisten och ockultisten

Längst fram på scenen ett stor bord fyllt med kolvar, provrör, bunsenbrännare, trefot, gamla böcker, anteckningar, burkar och lådor fylld med olika kemikalier, pulver och substanser. Ockultisten, en gammal man, står bakom bordet, klädd i munkkåpa, med långt grått hår och blandar olika substanser, bläddrar i sina böcker. På det svarta stengolvet har han ritat med vit krita ett pentagram fullt med olika tecken. Bakom ockultisten finns en rockscen, där black metal bandet, Satans Söner uppträder, i läder, nitar och corpsepaint. På scenen finns också kören i svarta munkkåpor och ansikten målade i corpsepaint.

Satans Söner spelar. Kören sjunger

Tabula Smaragdina
Detta är sanningen
bortsopad är alla lögner
vad finns därnere
är detsamma som ovan
allt är skapat av samma hand
solen, månen och jorden
är blodssystrar
nedstig från himlen
ner i underjorden
och uppstig samma väg
och du skall bli fullkomlig
okunskapens slöja
ska dras från dina ögon
skuggornas blindhet förjagas
hemligheternas hemlighet
avslöjas för ditt inre
så sant mitt namn är
Hermes Tristmegistus

den trefaldiga enheten
av visdom och filosofi
håller universum samman
jag har nu talat
och allt är sanning.

O: Svart, vitt, gult och rött sammanför jag i denna kolv. Kol, salt, sulfur och järnoxid blandas framför mina ögon. Jag tillför en reagens av silvernitrat. Värmer under svag låga till Trigmegistus ord: "Allt som finns ovanför oss finns också under oss. Allt är ett och förenat. Universum är ett. Separera jorden från elden och sanningen ska stiga fram i din hand".

Men jag känner hur handen skakar, tungan klibbar, munnen smakar metall, svetten tränger fram i pannan. Tröttheten överfaller mig. Jag måste sätta mig ner en stund. Alla dessa år i ångornas kammare där kvicksilvrets lätta andar, blyets tunga stämningar, har trängt in i min själ. Substanserna har åter väckt sjukdomen i mitt inre. Mitt sökande har långsamt förgiftat mig, förmörkat mitt omdöme. Åldern har lagt sina kedjor kring mina ben. Döden står redan i skuggan och lurar. Allt har varit förgäves. Livet har runnit ur min hand medan jag förgäves sökt efter evigheten i de vises sten.

En gång var jag ung. Älskade livet. Njöt av solen, vinden och vinet. Älskade som bara unga kan. Men ett ämne, en sjukdom högg sig fast i mitt inre. Spred sig som ett gift genom min kropp, gjorde mina steg och mitt sinne tungt som bly. Ett kompakt mörker drog mig ner i underjordens katakomber. Jag vandrade mållös bland de döda. Med en känsla att inte höra hemma varken i himlen eller i underjorden. Meningslös och likgiltig gick dagarna, årstiderna skiftade utan färg. Jag var flera gånger nära att kliva över avgrunden, falla handlöst genom tomrummet mot de vassa klippornas lockande famn. Inte vin, kvinnor eller sång lockade längre mitt sinne. Sakta tynade jag bort, blev osynlig och försvann.

En dag satt jag i skymningen och dinglade håglöst med benen över kanten. Tittade som vanligt längtansfullt ner i avgrunden när en främling steg fram ur skuggorna. Dold var hans ansikte under munkkåpan. Hans röst var mörk med en konstig brytning. Få var hans ord men jag minns dem så väl: "Utan en nyckel förblir du för alltid instängd i ditt mörka rum." Och så gav han mig boken och gick sin väg. Jag kände tyngden, det slitna lädret, det snirkliga mönstret och på framsidan läste jag nyckelns namn. Men fann att boken var låst med en fyrkant en bokstavskombination bestående av orden: Sator Arepo Tenet Opera Rotas. Hur jag än vände och vred kunde jag inte lösa kombinationen. Boken förblev stängd i min hand. En längtan tändes i mitt bröst. En längtan att förstå låset, att dyrka upp dess hemlighet. Där i skymningen beslöt jag att söka reda på nyckeln till dörren i min hand.12 långa år befann jag mig på resa. 12 års hårda prövningar i främmande länder där jag sökte vad som ingen kunde finna. Sedan drog jag mig tillbaka. Slöt mig inåt. Avskärmad sökte jag i böckerna och skrifterna, för att finna en lösning för att få ro och frid i mitt sinne.

Satans söner spelar kören sjunger.

Vandringen i Duat
Död är du nedstigen
ensam vandrar du i skuggornas dal
genom plågorna och eldens fält
12 dörrar, 12 prövningar
ska du finna av eviga plågor

frambesvärjda av skräckväldets härskare
håll fast i din bok
memorera varje formel
följ varje steg noga
undvik själslukarens svalg
benkrossarens vrede
inälvsätarens hunger
blodspottarens grepp
skuggätarens hämnd
gå försiktigt fram
genom plågornas dal
förbi de brinnande sjöarna
genom de skrikande skogarna
upp för de bloddrypande bergen
väck inte den skräck som sover
tills du slutligen når ditt öde
där ditt hjärta ska väga lättare
än en fjäder.

O: Jag saknar nu bara det sista tecknet som sluter cirkeln och öppnar låset till den undre världen. Men det har gäckat mig i decennier. Bara genom att nå underjorden kan jag nå himlen. De är speglar av evigheten. Men jag läser med blinda ögon: Sator Arepo Tenet Opera Rotas. Jag ser inte längre texten, förstå inte längre vad orden har för betydelse. Ser bara formen. Den djävulska kvadraten som gäckar mig. Om jag bara kunde se bakom dörren. Kika in genom nyckelhålet. Få en ledtråd hur jag ska kunna passa in en kvadrat i en cirkel. Om jag bara kunde bända loss nyckeln, räta ut dess snirklande symboler, få nyckel och lås att passa ihop som tvillingsjälar.... Tvillingens själ, den lätta substansen! Varför har jag inte tänkt på det tidigare!? *Går bort till pentagrammet.* Här finns redan eld, vatten, jord men det fjärde elementet luft saknas.

Gemini, jag ristar med min krita in tvillingens tecken i det tomma fältet. Den passar som en sista pusselbit i cirkelns omkrets. Jag sluter därmed cirkeln med en kvadrat. Nyckeln vrids äntligen om i låset.

Satans söner spelar. Kören sjunger

Ceremonin
Salt, sulfur, svett
mjölk och honung
sperma och blod
sammanblandas
kritan följer cirkeln
tecknar pentagrammet
på den svarta ytan

I varje spets tecknas
demonens tecken
jag sluter kretsen
eld, luft, jord och vatten
möts och blir ett

In i cirkeln bär jag
klocka, bok och ljus
på min panna tecknar jag
livets tecken
blod
mina fötter
bär dödens signatur
sot.

En svart hund ylar utanför
solens skugga blir längre

tiden tycks tveka
inför nästa minut

Mörkrets furste
jag åkallar dig
Belzebub, Lucifer, Satan
den fallne ska resa sig
ljusets sökare
som famlar i evigt mörker
uppenbara dig för mig
visa mig vägen
öppna de tolv dörrarnas väg
så överlämnar jag till dig
min odödliga själ.

Ur rök och eld stiger Satan upp från underjorden. Han är utklädd i djävulskostym, med svart dräkt, röd slängkappa, blinkande horn och en eldgaffel av plast. Sjunger en schlagerinspirerad låt.

Se på djävulen, se på djävulen
ja ta mig fan
Satan det är jag
som besöker dig idag

Jag sökte en gång sanningen
med brände vingarna
så det gick åt helvete
men lika glad är jag för det
men gladast är nog Gud
som slapp se mig
på de himmelska ängderna

Mig gör det detsamma
allt är ändå samma
ovan som under jord

Jag hörde att du ropade mitt namn
så jag har skyndat mig hit
för jag missar aldrig chansen
att fånga en själabit

Se på djävulen, se på djävulen
ja ta mig fan
Satan det är jag
som besöker dig idag

Nu står jag här
i eld och rök
vad är det du begär?
vad vill du ha?
du gamla alkemist
har du till slut upptäckt
att livet är bra trist

Att allt är jagande efter vind
allt är förgängligt
allt dör i din hand
du söker efter svaren
vill hålla evigheten i din hand

Se på djävulen, se på djävulen
ja ta mig fan
Satan det är jag
som besöker dig idag

D: Vänta nu, jag känner igen dig! Du är den token, som jag en gång i tiden gav den där boken. Kommer så väl ihåg hur du satt på kanten och dingla med benen när jag steg fram ur skuggorna och räckte dig gåtan att lösa. Men vad hände? Varför tog det sådan tid. Pusslet var enkelt, skulle vem som helst ha kunnat lösa på någon timma, anpassat för 7-12 åringar stod det på kartongen. Varför har du dröjt? Varför har du slösat bort din tid på ett sådant enkelt tidsfördriv?

O: Du din sate! Som satt mig i denna knipa. Vilken djävulsk gåta var det du smidde. Jag slet mitt hår, försakade mina år utan att finna svaret. Den gåtan var mig för svår.

D: Svår? Du milde. Facit fanns ju på baksidan om du inte så ivrigt hade koncentrerat alla din energi på framsidan.

O: Baksidan? *Vänder på boken.* Herregud, här står det så tydligt det som jag så länge sökt. Hur kunde jag missa det?

D: Blind var du.

O: Men nu ser jag. Allt var ett fåfängt jagande efter vind.

D: Men nu är jag här och kan allt för dig berätta. Även om det är för sent. Alldeles för långt bort har du irrat. Allt låg framför din näsa, men du tittade bara bortom horisonten. Beatrice som försvann och brevet som du aldrig öppnade. Den svarta sjukdomen som bet sig fast i ditt hjärta. Tvivlet som grävde sig ner och spred sig i din själ.

O: Brevet? Brevet som jag burit vid mitt hjärta under alla dessa år? Aldrig blev det öppnat. Men jag visste ju redan svaret.

D: Visste du? Eller trodde du bara? Det är först när sanningen skärskådas och undersöks som den kan förkastas som lögn. *Öppnar brevet. Läser. Faller ihop.*

O: Hon övergav mig inte. Det fanns ingen annan. Allt var fantasier, svartsjuka drömmar i mitt sinne.

D: Nej, hon blev tvungen att resa. Bad dig att komma efter så fort du kunde. Hennes rena hjärta tillhörde bara dig.

O: Vad hände med henne? Vart tog hon vägen? Jag ber dig ge mig svaren. Jag måste få veta.

D: Du vill inte veta.

O: Jag måste, fast jag darrar av skräck för vad du kommer att berätta. Jag måste få veta om någon av alla dessa uppoffringar och plågor har varit värt det.

D: Länge väntade hon på dig. Till slut kunde hon inte längre stå emot familjens krav utan giftes bort med en äldre man. Olycklig och svår blev hennes korta liv.

O: Inte ens det är förunnat mig att få glädjas över andras lycka och framgång. Allt är förbi.

D: Ja, nu tillhör du mig för evigt.

O: Men jag måste ändå veta. Vad finns bortom de tolv dörrarna. Vad finns i slutet av korridoren?

D: Tolv dörrar till och sedan tolv dörrar till ändå in i evigheten.

O: Så många dörrar?

D: Ja, men ändå bara en. En optisk spegelreflektion är ditt sökande.

O: Vad finns bakom den enda dörren?

D: Du vet redan svaret, men vill inte erkänna det.

O. Det är som jag befarat.

D: Intet, tomheten gömmer sig bakom dörren.

O: Finns det ingen räddning? Ingen nåd?

D: Inte för dig. Allt är för sent.

O: Det kan inte vara sant. Det måste finnas en lösning. *Letar desperat i böckerna.*

D: Du kommer inte att finna något i dina gamla luntor.

O: *Lyfter upp en bibel. Bläddrar i den. Börjar läsa med darrande röst:* Så älskade Gud världen att han gav den sin ende son, för att de som tror på honom inte skall gå under utan ha evigt liv.

Ett himmelsk ljus tänds och en ängel sänker sig ner över scenen. Ängeln sträcker ut sina armar mot Ockultisten som

också sträcker ut sina armar och börjar gå mot ängeln. Satan ser ointresserat på ängeln. Precis innan ängeln tar mark så lyfte Satan upp sitt ljuster och kastar det med full kraft mot ängeln. Ljustret träffar ängeln rakt i bröstet. Han faller blödande ihop och försvinner tillsammans med det himmelska ljuset.
D: Nu har du haft ditt lilla roliga. Nu är det dags att gå. *Släpar iväg med Ockultisten över scenen ner i helvetets brinnande sjöar.*

Satans söner spelar. Kören sjunger.

Undergångens triptyk
Gabriel blås i din trumpet
låt undergångens vassa toner
skära genom ben och märg
för nu är föreställningen slut

Satan dirigerar sin orkester
i helvetets domäner
målad med Brueghels pensel
den avsågade benflöjten
pukor av uppspänt människoskinn
inälvssträngar på ruttnande lik
och mitt i målningen
dansar Ockultisten med
i din makabra dans

Det är förutbestämt
och sagt
att alla ska lida
vi ska söka och finna
för att sedan

förlorat allt igen

Aldrig kan själen vinna
vila i evigheten
du lever bara en gång
föds bara för att snart försvinna
en sanning som gäller
både man och kvinna

Dårarna slösar sitt liv
på att söka
efter hägringens
rök och skugga
medan de saliga
sitter stilla
förvissade om
att allt ändå snart ska försvinna

Moralen, den korta sentensen
formeln för de vises sten
ska jag nu för dig berätta:

Gör vad du vill
det är det enda rätta
kärleken är det enda
kärleken och den fria viljan
bara då kan du
meningen finna.

Vad som kröp fram ur Gogols kappa

Någonstans i Sibirien. Stepan Ilitsch Uchovertow, polismästare i provinsen och Ivan Alexandrovitsch Chlestakow, tillrest inspektör från Moskva, står framför avspärrningen och tittar ner i ett gigantiskt hål.

Inspektören: Det kan inte bara vara ännu ett slukhål? Som dem man nyligen upptäckt på Jamalhalvön?

Polismästaren: Nej, det här är annorlunda. Först trodde vi det också att det var ännu ett slukhål på grund av den globala uppvärmningen som får permafrosten att tina och marken att öppna sig under oss. Men det här hålet verkar inte ha någon botten. Vi kastade ner en tyngd fäst i ett långt rep, trots att vi skarvade med alla rep som vi kunde hitta i byn så räckte det inte till, så vi band ihop lakan, halsdukar och skärp. Det är därför jag måste hålla upp byxorna med handen, alla skärp, snören och rep hänger ner i hålet, men fortfarande har tyngden inte nått botten.

I: Jag vill bara från officiellt håll poängtera att myndigheterna anser att den globala uppvärmningen är något som amerikanarna har hittat på. Och att uppvärmningen snarare rör sig om en naturlig cykel och allt kommer att återvända till det normala inom kort.

Det skulle inte kunna vara en meteor? Nyligen träffade Tjejlabinskregionen av en meteor som orsakade stora skador både materiella och mänskliga. Vi ska inte heller glömma förödelse som följde av Tunguska-händelsen 1908. Den visar tydligt vilken förödelse främmande himlakroppar kan orsaka på vår omgivning

P: Vi har ett vittnesmål, en jägare som var ute i gryningen. Han svär på att han inte såg någonting på himlen utan menar att de snarare var en form av explosion som skedde underifrån. Han säger att han först kände en stor jordbävning och sedan såg ett stort moln av eld och sot som reste sig över skogen.

I: Ett moln över skogen? Herregud det kan inte ha varit en stridsspets som exploderade? Gudarna ska veta att det finns några som vi fortfarande saknar efter Sovjetunionens kollaps.

P: Ni kan vara lugn. Vi har mätt strålningen och den är fullkomligt normal. Något radioaktivt avfall har inte registrerats av våra mätstationer i vår omgivning och som du ser runt omkring oss finns inga brännskador varken på marken eller den omkringliggande växtligheten.

I: Det är varmt här?

P: Ja, det märkte vi också på en gång när vi kom fram till hålet igår. Det strömmar varm luft ur hålet.

I: Kan det vara en underjordisk vulkan? Eller en gasficka som brinner där ner i djupet. Jag tänker på historien om det som hände på 70-talet i Karakum-öknen. Då trodde man att det skulle brinna några dagar och sen slockna, men det brinner fortfarande. Eller vad tror ni?

P: Enligt min mening är det är ett hål som går ända ner till helvetet.

I: Vad grundar ni detta absurda påstående på?

P: En djävul dök i går kväll upp på Piotris krog och beställde vodka medan han berättade att han hade rymt från helvetet.

I: En djävul säger ni? Hur såg han ut.

P: Tja, som en vanlig karl, fast med horn och en svans. Hans ansikte gick visst i en nyans av rött, men om det berodde på ljuset eller något annat kan jag inte svara på eftersom jag ännu inte har träffat honom.

I: Hur kommer det sig att ni förhört honom?

P: Jag var just i färd att gå till krogen för att få min vanliga morgonsup, nåväl, det hör väl kanske inte hit, och förhöra den misstänkte, då man ringde och berättade om er ankomst, så istället för förhöra den misstänkte fick jag bege mig direkt till flygplatsen och hämta er. Sedan ville ni direkt till hålet.

I: Ja, det är sant. Moskva var mycket angelägna att jag skulle ta mig hit så fort som möjligt och utreda saken. Så ni menar på fullaste allvar att ni tror att det här hålet leder rakt ner till helvetet?

Tar upp en sten från marken och släpper den nonchalant över kanten. Det hörs ett rop från hålet: Aj! Ur hålet kommer en djävul klättrande på repet som hänger över kanten.

Belezebub: Det var själva Satan va ont det gjorde i skallen. Det blev en extra knöl mellan hornen. Vad menas med detta? Kasta sten på en stackars försvarslös djävul?

I: Va, ja, de, va, vem är ni?

B: Belzebub, första överdjävul från den fjärde helvetiska kretsen, till er tjänst. Fast mina vänner kallar mig bara Bebe. Ja, det var ju rent ut sagt förjävligt det här. Jag menar med hålet och till råga på allt passade den där djävulen Gogol på att rymma också. Översatan beklagar förstås det inträffade. Han skickade mig personligen för att ställa allt till rätta. Vi ska så klart fixa hålet så snabbt som möjligt, bara vi får fatt på Gogol. Fast oss emellan så kan det nog dröja ett tag innan vi har fyllt igen hålet. Byråkratin i helvetet är rent ut sagt ett helvete. Innan försäkringsbolaget har tröskat igenom alla papperen och man har fyll i rätt formulär och undertecknat arbetsordern osv, och så har vi så mycket att göra nuförtiden med alla stackars satar som ska ha sina straff. Vi ligger efter så kopiöst. Visste ni att vi fortfarande håller på att registrerar och bearbeta alla de som dömdes till den evig skärselden i slutet av 1700-talet? Så jag är rädd att det kan ta ett par hundra år innan hålet är tilltäppt.

I: Hundra år?Det kommer departementsrådet Kovalyov aldrig att acceptera han vill ha resultat omedelbart!

B: Aha, kära major Kovalyov. Oroa dig inte, honom tar vi hand om, det är en gammal bekant till översatan. Om det behövs ger vi honom bara en näsbränna så gör han som vi säger. Nu är det Gogol vi ska oroa oss för.

P: Vem är Gogol?

B: Nikolaj Vasiljevitj Gogol är en riktig skurk. Jag börjar brinna så in helvete inombords bara jag hör hans namn. Han har en längre tid drivit gäck med översatan och alla oss andra underdjävlar. En sådan fräckhet. Alla dessa nidvisor och satiriska texter som han spridit ut i helvetet som driver med hela den satanistiska myndigheten. Sånt kan vi inte tåla eller tillåta. När vi nu äntligen lyckades få tyst på honom rymde han i kalabaliken som blev runt hålet.

I: Jag förstår. Dessa frispråkiga individer som driver med makten och myndigheterna och använder orden så lättvindigt och fritt. Jag känner igen typen de måste förstås straffas på de strängaste sätt. I Moskva gör vi processen kort med sådana bråkstakar. Polismästare Stepan Ilitsch Uchovertow berättade nyss för mig att en djävul synts på Piotris krog här i byn. Kan det vara han som ni eftersöker?

B: Vi har ingen tid att förlora. Visa mig vägen innan det är för sent.

De tre kliver in på den lilla bykrogen. Det är en skum timrad stuga, men grovyxade bord och stolar. På väggen ett rävhuvud, älghorn och jaktredskap. Krogen är tom förutom krogens ägare Taras Bulba, en stor bullrig man, med stora svarta mustascher som står bakom bardisken och torkar glas. Polismästaren går fram till Taras Bulba.

Taras Bulba: Välkommen Stepan Ilitsch Uchovertow, vi saknade dig i morse. Du var inte här och tog din vanliga morgonsup. Kanske en dubbel-sup skulle kunna kompenserar förlusten? *Tar fram ett stort glas och en flaska.*

P: Tyst, ta bort det där, jag är här i tjänsten. Ser du mannen där borta vid dörren? Det är självaste Ivan Alexandrovitsch Chlestakow, överinspektören från Moskva som kommit för att utreda hålet. Vi letar efter Gogol.

T: Vem?

P: Djävulen som var här?

T: Aha, nu förstår jag. Ja det stämmer det var en djävul här, men han har gått.

I: Vad talar ni om?

P: Om Gogol. Taras säger att han var här men har gått?

B: Gått! Vart då?

T: Herregud, vad är det där?

B: Inte är det herren gud iallafall. Du Taras Bulba om någon borde känna igen en djävul. Vi har nog haft ögonen på dig. Se inte så förskräckt ut. Häll upp lite vodka istället, jag är så förfärligt törstig. Luften är så torr här uppe. Nere i helvetet är det alltid fuktigt, som en ångbastu.

Taras häller upp ett glas vodka åt Belzebub som sveper det.

B: Aah, det var bättre. Säg mig nu. Vad har Gogol sagt?

T: Inte mycket. Han beställde en flaska vodka och satte sig vid bordet där borta och pratade med några av byborna.

B: Vad sa han!?

T: Jag hörde inte på så noga. Han blev ganska snabbt berusad och började sluddra. Det var något om vodka och fabrik.

B: Den djävulen. Han håller på att avslöja hela planen.

I: Vad menar ni?

B: Ingenting. Men vi måste genast få fast Gogol innan han ställer till med något. *Går bort till bordet där Gogol satt. Läser nidvisan som ristats in på träbordet.* Den skurken! Jag ska täppa till käften på honom! *Bankar med handen hårt i bordet.*

I: *Springer fram till bordet.* Vad är det?

B: Ännu en fräckhet som jag måste stå ut med. Kom vi måste genast leta reda på honom innan han ställer till med mer sattyg. Han kan inte ha gått långt bort.

I: Uchovertow följ med oss!

P: Högt ärade Chlestakow. Är det inte bättre om en av oss stannar kvar här ifall han dyker upp igen?

I: Hmm, det ligger något i det. Stanna kvar här då medan vi ser oss omkring. *Chlestakow och Belzebub går ut.*

P: Taras. Nu behöver jag verkligen den där dubbla supen som du pratade om. *Taras häller upp ett glas som Chlestakow dricker upp.* Den supen satt som den skräddarsydda kappan. Undra varför Belzebub blev så upprörd. *Går bort till bordet. Läser och brister ut i gapskratt.*

T: Vad är det frågan om?

P. Taras lyssna på det här.
Överdjävulen Belzebub böjde sig fram
och släppte en stinkande fis
den tog eld och började brinna där bak
Belzebub skrek som en stucken gris

T: Fyndigt, men jag gillar inte att okända djävlar ristar in saker på mina bord.

Genom dörren kommer Ivan Ivanovitj och Ivan Nikiforovitj. Går fram till baren.

Ivan Ivanovitj: Taras. Två stora glas vodka. Det här måste firas.

Ivan Nikiforovit*j*: Bulba. Två glas renat. Här ska skålas.

T: Vad är det?

IN: Snart är vi rika.

II: Rika som troll.

T: Hur då? Vad menar ni?

IN: Kommer du ihåg djävulen som var här?

II: Djävulen som satt vid vårt bord?

P: Gogol? Är det Gogol ni pratar om.

IN: Ja, så hette han visst.
II: Gogol, var hans namn.
P: Vad är det med honom?
II: Kan ni bevara en hemlighet?
IN: Håll mun om en sak?
P: Det beror på vad det är. Jag är ju en lagens väktare.
Oegentligheter måste jag rapportera.
IN: Även om det gör dig rik?
II: Du tjänar en slant på det hela?
P: Nåja, jag kan inget lova, men berätta så får vi se.
IN: Gogol berättade för oss i morse
II: Talade om för oss alldeles nyss
IN: Gav ett tips på en lönsam investering.
II: Hur vi skulle kunna tjäna en förmögenhet
IN: Köpa aktier i en vodkafabrik
II: Bli delägare i ett brännvinsföretag
P: Dumbommar!! Ni har blivit lurade. Ni vet väl att staten har monopol på vodkatillverkningen. Ingen tillåts konkurrera på det området. All vinst går direkt ner i regeringstjänstemännens djupa fickor.
IN: Så sa vi också.
II: Vi påpekade detta faktum
IN: Men Gogol förklarade för oss
II: Han hade information från underjorden
IN: I helvetet där han kommer ifrån
II: Har man startat egen tillverkning av brännvin
IN: Gratis tillgång till arbetskraft och evig värme.
II: Vodkan tillverkas nästan gratis.
IN: Sedan säljer man den på svarta marknaden med stor vinst.
P: Men det skulle aldrig regeringen tillåta. Säkerhetstjänsten skulle jaga själva Satan och fängsla honom för ett sådant påfund.
II. Precis vad jag sa. Skulle man aldrig tillåta.

IN: Det sa jag också. Skulle aldrig tillåtas.

II: Men Gogol berättade

IN: Hur Satan länge arbetat med sin plan

II: Snärjt höga tjänstemän

IN: I syndfulla handlingar, pikanta situationer

II: Skaffat sig hållhakar på alla höga regeringsmän

IN: Ändå upp i högsta toppen

II: Mot lättnader i straffet

IN. Amnestier mot plågorna

II. Har man förankrat planen

IN: De vågar inte ingripa

II: Rädda om sina fördömda själar

IN: Har de fallit för sin egen korruption

II: Kommer bli en lönsam affär

IN: Varje liten slant

II: Kommer att växa till en förmögenhet

IN: Vem vill vara med

II: Och förverkliga sin dröm

T: Låter lockande. Jag har ett sparkapital. En liten pension som jag tänkt att använda på ålderns höst. Men är det säkert?

IN: Bombsäkert

II:Vattentätt

P: Hmm, det strider visserligen mot lagen, verkar högst omoraliskt, men polislönen är liten, om den ens utbetalas. Ibland man måste se om sitt eget hus. Jag fick ett litet arv efter min mor som skulle kunna användas i sammanhanget. Hur mycket kan man tjäna på det hela?

IN: Minst hundra gånger pengarna sa Gogol.

II: Ja hundra gånger minst blir vinsten enligt Gogol.

P: Hundra gånger! Ingen dålig utdelning.

T: Hur gör vi? Jag vill vara med?

IN: Gogol går omkring och samlar in pengarna och skriver ut aktiebreven.

II: När man talar om trollen

IN: Eller rättar sagt djävulen.

II: Så kommer han genom dörren.

IN: Där kommer herr Gogol.

II: Herr Gogol välkommen

IN: Vi har hittat fler som vill vara med och göra affärer.

G: Det glädjer mig mina herrar att fler upptäckt hur man kan göra lätta förtjänster på helvetiska affärer. Men skynda er att bestämma er om ni vill delta i er livs affär, aktiebreven håller på att ta slut. Pappren sinar i min ficka. Det fanns mer hugade spekulanter i den här byn än jag hade förväntat mig.

T: Se här herr Gogol. Här är mina slantar, tjocka buntar med rubel som jag byter mot aktiepapper.

P: Och jag har en börs fylld med klingande guldmynt som jag vill byta mot aktier i ert företag.

G: Ta det lugnt mina herrar. Jag har så det räcker åt er båda. Det krävs bara en signatur längst ner på pappret så är aktierna era.

P: Jag tror jag har en penna i fickan.

G: Tyvärr, men det krävs en droppe blod för att underteckna. Det är ju trots allt helvetiska affärer vi ägnar oss åt, eller hur?

P: Naturligtvis herr Gogol. Vänta jag har en kniv i fickan. *Skär sig i tummen och droppar blod på pappret.*

Taras gör samma procedur. Gogol samlar in kontrakten och ger dem aktiebreven.

G: Perfekt, perfekt. Nu måste jag vidare. Prästen och klockaren ville visst också tjäna en hacka innan jag sticker vidare. På återseende mina vänner.

II: Vilken lycka, snart är vi rika.

IN: Ja förmögna

P: Vilken tur vi har som får vara med om en sådan affär i vår avlägsna by.

T: Ja lyckan ler mot oss idag.

Utanför krogen hörs ett våldsamt bråk. Efter ett tag lugnar det ner sig. Chlestakow kommer inrusande, svettig och chockad.

I: Herregud, vilken dag!

P: Vad händer där ute?

I: Belzebub fick syn på Gogol ute på gatan. Det utbröt ett våldsamt slagsmål,men Belsebub lyckades till slut övermanna Gogol och drog med honom ner hålet. Det sista jag såg var hur de försvann över kanten.

Taras viskande till Uchovertow: Hur går det nu med vår investering när Gogol är borta? Är den i fara? Alla mina besparingar gav jag ju till herr Gogol.

P: Jag vet inte. Även jag är oroad över mina pengar. De är väl inte borta?

Ett stönande hörs från ett mörkt hörn av krogen. Alla tittar bort mot hörnet, där ett rödmosigt ansikte tittar fram under en kappa som ligger på golvet.

G: Oj, oj, mitt huvud. Jag tål inte längre alkholen. *Staplar upp och raglar fram till ett bord och sätter sig.*

Alla: Herr Gogol!

I: Men jag såg ju hur Belzebub drog med er ner i hålet.

G. Belzebub den djävulen! Har han varit här?

P: Herr Gogol hur blir det med aktierna.

G: Aktierna?

P: Ja aktierna i det helvetiska brännvinsfabriken som ni sålde oss.

T: Hur länge tror ni det dröjer innan ni kan hämta ut vår vinst.

II: Bli förmögna män

IU: Blir rika personer.

G: Jag tror tyvärr ni har råkat ut för en djävulsk blåsning.

P: Vad menar du? Förklara er?

G: Aktierna ni köpte. Ni signerade väl inte dem med ert blod?

P: Ja, som ni begärde.

G: Då är ni fördömda för evigt.

P: Förklara er!

G: Mitt namn är Nikolaj Vasiljevitj Gogol. Han som ni kallar Gogol är en bedragare! Jag var en gång en känd författare, men när jag skrev en kärleksberättelse om en smed och en vacker kvinna som blev förälskade i varandra och som lurade självaste djävulen, då väckte jag ont blod hos den onde som beslutade sig för att hämnas. Utklädd till min förläggare kom han med ett erbjudande jag inte kunde säga nej till. Dum som jag var signerade jag kontraktet med blod, och som ni säker förstår var det inte ett bokkontrakt, utan det var min arma själ jag gav bort till djävulen. Sedan dess har tvingats att tillbringat min tid i underjordens varma kretsar. Med tiden fick jag nyss på en gigantisk konspiration och började planera min hämnd. Helvetet har nämligen startat en brännvinsfabrik som översvämmar vårt land med billig vodka. Fulla och omtöcknade visade sig medborgarna vara lätta att lura. Förklädd kunde Satan resa runt med sin assisten Belzebub och lurade vanligt folk och tjänstemän att skriva på blodskontrakt och sälja sin själar för några flaskor vodka eller påhittade aktier i helvetets brännvinsfabrik. För någon dag sedan fick jag möjlighet att sätta min plan i verket. Jag smög mig fram ocj skruvade upp temperaturen på den stora hembränningsmaskinen. Det blev en jävla smäll och ett stort hål i taket. Brännvinsfabriken var förstörd och jag såg min chans och rymma från mitt fängelse och varna allmänheten för detta bedrägeri. Men jag var blev så förfärligt törstig av allt klättrande att jag beslöt mig för att ta en sup innan jag fortsatte, men jag hade helt glömt bort hur dåligt jag tål spriten så jag somnade i hörnet under min kappa. Och nu hör jag till min förtvivlan att skadad redan är skedd. Jag är försent ute! Ni arma själar, ni är förlorade är jag rädd.

T: Så det fanns en brännvinsfabrik?

61

P: Har vi sålt våra själar?
II: Det låter inget vidare
IN: Inte bra alls
G: Tyst. Jag hör att de redan är på väg.
P: Vilka då?
G: Helvetets fångvaktare. De har kommit för att hämta er och mig.
Genom dörren stormar djävlarna in för att fånga in krogens gäster.
P: Även ni herr Chlestakow? Hur kommer det sig? Ni köpte väl inga aktier?
I: Jag är rädd att även jag blivit lurad min vän. Belzebub lovade mig en stadsrådspost för min goda insats i infångande av herr Gogol, som jag nu förstår inte var någon annan än självaste djävulen förklädd. Han bad mig skriva under en rapport om min befordran som han skulle skicka till mina överordnade. Jag signerade med blod.
G: Då är även ni fördömd till den eviga elden.
Djävlarna för ut gästerna. Gogol stannar upp i dörröppningen och säger:

Sakta super dem ihjäl sig
Rysslands döda själar
för att slutligen hamna som trälar
i helvetets brännvinsfabriker.

Drama för dramaten

Scen: En kyrkogård på hösten. Gravstenar, några buskar, ett kalt träd, en bänk med en papperskorg. Lite snö på marken. Det har börjat skymma men lamporna är ännu inte tända. Sonen står mitt på scenen ser otåligt bort mot kulissen. Fadern står i kulissen.

S: Skynda dig!

F: Jag kommer, jag kommer.

S: Varför tar det sån tid?

F. Det är tungt att bära på kassarna. *Kommer långsamt in på scenen med två fulla papperskassar med papper.*

S. Vad är det du har i kassarna?

F: Mitt författarskap. Papper, idéer, anteckningar, utkast till det mitt stora drama.

S. Varför skaffar du inte sån där shoppingvagn som pensionärerna har och drar maten i...

F: Vaddå?

S: Den kallas dramaten, skulle passa bra att dra runt ditt gamla drama i.

F: Dra maten? Du driver med mig! Alltid detta förakt!

S: Ja, ja, men kom nu vi kommer försent.

F ser en skrynklig tidning under parkbänken. Böjer ser ner och plockar upp den. Sätter sig ner och börja bläddra i tidningen.

S. Men vad gör du? Vi har bråttom! Har jag inte sagt att de stänger snart, jag vill inte sova ute en natt till.

F: Jag ska bara...

S: Du är ju värre än Alfons Åberg

F: Vem? Är det någon vi känner?

S: Du kan rabbla alla grundämnen, men du vet inte vem Alfons Åberg är.

F: Aktinium 89; Argentum 47; Aluminium 13; Americium 95; Argon 18; Arsenik 33; Astat 85; Aurum 79...

S: Det räcker. Vi måste gå nu.

F: Vart då?

S: Till härbärget, de stänger snart, jag börjar tro att du är helt dement

F: Demens av latinets de 'utan' och *mens* 'sinne'.

S: Det kommer du ihåg men inte att ta med matkupongerna så vi har fått svälta hela dagen.

F: Har du en penna?

S: Penna. Nej, jag har ingen penna!

F: Jag fick en idé till en mitt stora drama, men skriver jag inte ner den direkt så kommer jag att glömma den. Är det säkert att du inte har en penna?

S: Jag har ingen penna.

F: Hur ska jag då komma ihåg det jag kom på?

S: Du får väl skriva ner det på något annat sätt.

F: Hur då?

S: Inte fan vet jag! Du kan väl pissa i snön så står det kanske kvar till imorgon då du hittat en penna.

F: Alltid detta hån, du vet hur svårt det är för mig att kissa, hur skulle jag kunna skriva i snön, när jag knappt förmår att skvätta?

S: Kan vi fortsätta nu? De stänger snart? Jag fryser och är hungrig.

F: Men min idé då? Tänk om jag glömmer bort den?

S. Du kan berätta den för mig så kan jag komma ihåg den åt dig.

F: För dig! Ha, ha! Tror du att du kan lura mig va? Så fort du har hört den kommer du att stjäla den och ta åt dig äran för allt arbete som jag har lagt ner på mitt stora Drama.

S: Det är så sant som dem säger. Demens och paranoia går hand i hand. Varför skulle jag vilja stjäla något av dig. Du har väl inte gjort något av betydelse i ditt liv. Du är en hemlösa nolla.

F: Ha! Skulle inte jag gjort något av betydelse. Var jag kanske inte en av landets mest lovande litteraturforskare i min ungdom kanske? Min doktorsavhandling om Stagnelius prisades för sin djupa och sinnrika analys av diktjagets erotiska dödstematik. Men den har du väl inte läst din obildade tölp.

S: En avhandling säger du. Och vad hade denna så kallade avhandling för titel om jag får fråga?

F: Titel? Ja, det ska jag säga dig, den hette, hette, ja, just det, Gamla kedjor rostar inte.

S. *Hånskrattar*. Gamla kedjor rostar inte. Det var det löjligaste jag hört.

F: Nu hånar du mig igen. Tror du kanske att min akademiska karriär slutade där med en avhandling, nej, jag var mycket framgångsrik i mitt fält ska jag säga dig. Jag blev utsedd till professor i Lund, en av de yngsta i landet.

S: Verkligen vad handlade ditt installationstal om då?

F: Installationstal?

S. Ja, installationstal. Du höll väl ett sådant, eller?

F: Klart jag gjorde! Det handlade om, om, om Olof Wexonius och barockens erotiska dödstematik.

S. Erotik och död igen så originellt? Och Weks...Wäxt.. Existerar det ens ett sådant namn?

F: Olof Wexionius, född 1656 i Dorpat, Svenska Estland, död 1690, var en av Sveriges första barockpoeter och gav bland annat ut diktsamlingen Melancholie. Hans föräldrar var Olaus Olai Wexionius och Katarina Petraeus, dotter till Aescillus Petraeus och en ättling tillhörig Bureätten.

S: Varför frågade jag ens. Men om du nu hade en så lysande karriär, med professorstitel och allt. Varför går du då omkring som en hemlös på gatorna? Smutsig och skitig och luktar illa gör du också. Gör du kanske research för ditt inträdestal till Svenska Akademien? Det kanske också ska handla om erotik och dödstematik. Då befinner du dig iallafall på rätt plats, en kyrkogård. Varför smyger du inte bara bakom en gravsten och drar en handtralla så får du kanske lite inspiration till ditt inträdestal om död och erotik?

F: Din djävul, din djävul, du smutsar ner allt med dina perversa fantasier.

S. *Slut ömt i ditt sköte min smäktande kropp,*
förkväv i ditt famntag min smärta!
I maskar lös tanken och känslorna opp,
i aska mitt brinnande hjärta.
Rik är du, o flicka! -- i hemgift du giver
den stora, den grönskande jorden åt mig.
Jag plågas häruppe, men lycklig jag bliver
därnere hos dig.

Vad det inte Stagnelius som skrev så? Jag är ju ingen professor i litteraturhistoria, men nog låter det som nekrofili i mina öron. Han vill ju knulla med en ruttnande kvinna, eller?

F: Sluta! Sluta smutsa ner allt det fina. Du är sjuk. Det har alltid varit något fel med dig. Ända sedan du var liten. Jag skulle ha lyssnat på alla läkarna och psykologerna som ville låsa in dig på en institution. Men dum som jag var ville inte tro att det var något fel på dig. Du var ju trots allt mitt barn, men jag ska ge dig en passande bokstavsdiagnos: I D I O T !!

S. Nu lugnar vi ner oss gubbe lilla. Tänk på blodtrycket och hjärtat. Hur skulle du se ut om du fick blodstörtning och dog på en kyrkogård? När jag tänker efter så hade det kanske inte varit så dumt ändå. Då kunde jag bara dumpa dig i någon öppen grav så blev jag av med dig för alltid. Samla ihop ditt skräp nu annars blir vi tvungna att sova ute igen. Det vill du väl inte?

F: Det tog bara slut.

S. Vad tog slut? Vad pratar du om nu? Har du druckit upp all spriten nu igen?

F: Det tog slut. Det var som ett tomrum öppnade sig framför mig, en öde evighet, en tom tyst öken utan slut.

S: Är det någon existentiell liturgi som du tänker påbörja? Det betackar jag mig för, dem tar ju aldrig tar slut och då kommer vi försent till härbärget igen.

F: En dag var hon borta. Som dimma löstes hon upp min famn och försvann. Det fanns inget kvar. All glädje, allt ljus, all mening, allt bara tog slut. *Gråter.* S. *Sätter sig ner bredvid F på bänken. Klappar honom lite tafatt på axeln.* Ja, ja. Det var tufft. Men det var länge sedan. Man måste gå vidare, lämna det bakom sig. Vi måste vidare, till härbärget innan det stänger

F: Det var det jag gjorde. Jag lämnade kvar mig själv. Jag står kvar där borta medan min kropp har fortsatt framåt. Tom som ett skal har jag gått genom livet. Jag kan bara hoppas att jag kommer att återförenas med mig själv i döden.

S: Du ska alltid vara så sentimental och dramatisk. Alla andra bryter ihop och går vidare, men du ska bara älta och älta allting om och om igen.

F: Saknar du inte henne?

S: Nej.

F: Du har alltid varit så kall och hård. Jag förstår mig inte på dig.

S: Kan man komma tillbaka från döden?

F. Det tror jag inte.

S: Så varför ska jag då sakna någon som är död? Det går ju ändå inte att ändra på. Livet fortsätter eller hur? Det är ologiskt att sörja något som har varit och som inte går att ändra på.

F: Livet fortsätter, men det är som en del av dig själv har dött.

S. Dött? Det tror jag inte. Det är bara inbillning. En känsla av saknad betyder i realiteten inte någonting. Det är ett hjärnspöke. Allt finns kvar.

F: Du är helt känslokall.

S. Kanske det, men hellre det än en dreglande snörvlande känslosam gammal misslyckad alkoholiserad gubbe som dig som inte lyckas får ordning på sitt liv.

F: Som om du skulle vara så mycket bättre. Är inte du också bara en hemlös förlorare?

S: Jag ser mig som en fri själ, inte bunden av något. Varken det förflutna eller framtiden.

F. Luffare!

S: Kalla det för vad du vill. För dig är vår situation ett enormt nederlag, en förödmjukelse, eftersom ditt fall varit så stort, men för mig är det bara en del av min vardag. Om jag är luffare eller kung, det spelar ingen roll, jag är fortfarande den jag är och har inga ambitioner att bli någon annan.

F: Din nihilist

S: Kalla det va du vill. Nu går vi. *Reser sig och börjar gå.*

F: Vänta.

S: Vad är det nu?

F: Jag måste först berätta något för dig.

S: Vadå?

F: Sätt dig här bredvid mig. Jag vill inte att någon annan ska få höra.

S: *Sätter sig ner bredvid F.* Vad är det?

F: *Ser sig misstänksamt omkring.* Du kommer ihåg den där idén jag fick.

S: Nä.

F: Inte? Min ide till mitt drama?

S. Du ville ju inte berätta den för mig. Hur ska jag då kunna komma ihåg den?

F: Lyssna nu. Eftersom jag inte har någon penna, så blir jag tvungen att berätta den för dig, så du kan komma ihåg den åt mig tills jag hittat en ny penna. Men, du får inte säga något till någon. Lovar du.

S. Visst, visst, jag lovar.

F: Titeln är, lägg det här på minnet. Det är viktigt. Resan till ordets medelpunkt. Karaktärerna består av två personer en intelligent och stilig professor i språk och hans unga dumma brorson.

S: Dumma brorson. Är jag det minsta förvånad.

F: Tyst och lägg allt på minnet. De bor i en tysk småstad. En dag går den mycket stiliga och smarta professorn till ett antikvariat. Där hittar han, gömd bakom en bokhylla, en mycket gammal lunta på isländska. Det visar sig vara en unik kopia av Eddan skriven av Snorre Sturlasson själv. Hemma visar han boken för sin brorson, som naturligtvis inte förstår hur viktigt hans fynd är, då ett papper ramlar ut ur boken. Professorn som är mycket intelligent lyckas genast lösa chiffret som texten är skriven på och berättar för sin dumma brorson att det är en karta som leder till ordens medelpunkt. De beger sig sedan till Island för att företa en spännande och dramatisk resa till ett hemligt bibliotek byggt som en labyrint i underjorden och som kan leda dem till ordets medelpunkt, platsen där själva skriftspråket har sitt ursprung.

S: Du tycker inte handlingen är väldigt lik något annat verk?

F: Vad menar du?

S: Det är ju samma historia som du brukade läsa för mig när jag var liten?

F: Jag förstår inte vad du menar?

S. Du har ju stulit Jules Vernes historia "Till jordens medelpunkt" rakt av.

F: Det har jag inte alls! Det där har du bara hittat på.

S: Jules Verne? Inget namn som låter bekant.

F: Nej, det har jag aldrig hört talas om. Kan jag fortsätta nu innan jag glömmer bort hela historien. Kommer du ihåg att det handlade om en mycket intelligent professor och hans dumma...

S: Brorson. Jo, jag kommer ihåg.

F: Efter flera veckors sökande hittar den en jättestor grotta som rymmer ett gigantiskt...

S: Hav?

F: Hav. Är du galen! Nej, bibliotek fyllt med lertavlor med kilskrift, stelar med hieroglyfer, runstenar, pergament, folianter, böcker, allt skrivet på jordens alla utdöda språk. En fantastisk ordskatt. Och i mitten av biblioteket finns ett tempel med sju pelare som bär upp ett jättestort lysande tecken. Ursprunget för alla språk och tankar och det tecknet är...är...är..

S: Är? Vad är det för konstigt tecken?

F: Tyst! Det är tecknet för, för, jag, nä, det är...Jag har glömt bort det! Jag visste det ju alldeles nyss. Det var bara för att du avbröt mig hela tiden. Det var ju det viktigaste i hela dramat och nu är det borta. Det är borta förstår du inte!

S: Det kanske var det här tecknet?

F: Vilket då?

S: *Räcker fuck-fingret åt F.*

F: Du kan aldrig ta något på allvar. Din idiot? *Mumlar för sig själv.* Tecknet är, det såg ut som, en krumelur, det var, det lyste, ja, det gjorde det...

S reser sig upp och börjar gå från bänken.

S: Ska du med eller? Eller tänker du sitta här och frysa ihjäl?

F: Om det ändå varit annorlunda. Om det aldrig hade hänt mig.

S: Gråt inte över spilld mjölk. Till oändligheten och vidare är mitt motto.

F: Om det bara varit annorlunda.

S: Det hade det ju kunnat varit. Jag förstod aldrig varför du sa nej till att förlänga din gamla professur i Lund efter mammas död.

F: Det var ju kommats fel.

S: Kommat?

F: Ja, han hade satt kommat fel.

S: Vem då?

F: Prefekten. På anställningspappret hade han kommenterar fel.

S: Än sen då?

F: Han vägrade erkänna att han hade gjort fel och ändra på det. Det kan ju vem som helst förstå att en professor i litteraturhistoria inte kan skriva på ett anställnings-kontrakt som innehåller grammatiska fel.

S: Så det var alltså din envishet som satte käpparna i hjulet?

F: Det var ju grammatiskt fel säger jag!

S: Om du säger det så. Jag tänker inte slösa bort mitt liv med att argumentera om ett kommatecken med dig.

F: Kommatecken ska utsättas mellan satselement och syntaktiskt avgränsade satser. Det vet ju varenda barnunge.

S. Kan vi gå nu? Eller ska vi sova ute i natt också?

F: Jag kommer, med det var inte mitt fel utan kommats. *Reser sig och lyfter upp kassarna. Handtaget på den ena kassen går sönder och kassen faller omkull.*

Mitt drama! Rädda mitt drama innan det blir förstört!

S: Ta det lugnt. *Samlar ihop pappren och lyfter upp den trasiga kassen i famnen.*

Nu är allt under kontroll. Ser du? Det är ingen fara. När du är klar med ditt drama så kan du sätta upp det för dramaten.

F. Tror du? Tror du verkligen att det kommer att spelas på Kungliga Dramatiska Teatern när det är klart?

S: Nä jag tänkte att du kunde köpa en dramaten som alla pensionärer har och drar maten i och sedan kan du klippa hål i botten för händerna och ställa dig utanför Dramaten och spela dockteater i dramaten. För närmare Dramaten än så lär du inte komma under din livstid.

F: Alltid detta hån. Och du ska vara min son.

S: *Går ut från scenen, ropar.* Nå kommer du eller?

F: Ja, jag kommer. *Stannar upp. Lyssnar. Sätter sig igen på bänken bläddrar bland kassens papper...*
S: Kommer du inte? De stänger nu!
F: Jag ska bara...

www.ingramcontent.com/pod-product-compliance
Lightning Source LLC
Chambersburg PA
CBHW071203130626
46555CB00004B/1565